給你的情歌

Love Song

Misa

Sophia

笭菁

晨羽 ———————— 著

目錄

Love Song

夢中的婚禮

／Misa

The Risen Christ Appears

...ered together, and them that were with them,

34 Saying, The Lord is risen indeed, and hath ᵛappeared to Simon.

35 And they told what thing were done in the way, and he was known of them in br... ing of bread.

36 ¶And as they thu... Jesus himself stood i... of them, and sai... Peace be unto ...

37 But th... afri...

s 1:6

*Acts 17:3
Phil. 2:6–11*

*s Gen. 3:15
Gen. 22:18
Gen. 26:4
Gen. 49:10
Num. 21:9
Deut. 18:15*

s. 16:9

*Test...
49 ¶...
promise...
but tarry...
salem, ur...*

我的櫃子深處有一個紅色的音樂盒，那是我在小學六年級所收到的，是第一次收到來自朋友送的貴重禮物。

收到的契機，是我的生日。小學時流行邀請同學們來家裡舉辦生日會，家長會準備蛋糕和食物，同學來則會帶禮物。

而小學的同學禮物都是在學校附近的書局買的，最常出現的是相框、馬克杯以及筆記本。

禮物通常都是一百塊上下就很足夠了，小學生嘛，重點不是禮物的價格，而是同樂。

所以，當他拿出價值五百塊的音樂盒時，我們所有人都嚇呆了。

「翔宇，你也買太貴了吧！」大家都驚呼著，就連媽媽也張大嘴。

「這是生日禮物。」翔宇說，那小小的耳朵上泛起了紅暈。

「謝謝你耶。」我有些尷尬，畢竟大家的目光都在我們身上。

「嗯。」翔宇點點頭，轉身去吃 **PIZZA**。

「快點打開聽聽看。」小女生們一窩蜂來到我這，在大家的催促下，我打開了音樂盒，裡頭的音樂聽起來很熟悉，但我卻不知道曲名。

後來，媽媽端出蛋糕，大家的注意力才從音樂盒轉到蛋糕上。

我鬆了一口氣，把音樂盒收起來，以我們的年齡來說，這真的太貴重了。這貴重背後的意義就是，翔宇對我的感情吧。

雖然那時候我也才小學六年級，可是已經很懂男生女生之間的感情了，翔宇雖然長得很可愛，可是我只把他當朋友，送這個東西，真的讓我壓力好大呢。

所以我把音樂盒先收起來，然後來到蛋糕前面，接受大家的祝福。

「祝妳生日快樂～祝妳生日快樂～」

「謝謝大家，希望我們考試都一百分，然後大家上國中可以同班。」

「第三個願望放在心裡！」有人大喊，而我閉起眼睛。

第三個願望，是希望許晉緯會喜歡我。

接著，我張開眼睛吹熄蠟燭，然後拿起刀子切了一半的蛋糕。

「耶～」大家拍手，而我正謝謝大家的時候，發現朱翔宇也拍著手，盯著我看。

我趕緊別開眼神，假裝沒有注意到他，接著在媽媽接過刀子切好蛋糕後，我一個一個分送給同學。

「對了，許晉緯今天怎麼沒有來？」一位女同學忽然問，讓我心跳加快了一下。

「他今天劍道比賽，所以沒辦法來。」另一個女同學回答。

「真可惜呀～」小米對我使眼色，我只好趕緊吃蛋糕。

「許晉緯真的好帥啊！」

「對啊，你們看過他揮劍的樣子嗎？」

女孩們七嘴八舌討論起來，而男生們則露出不屑的眼神。

許晉緯長得高，成績也很好，最重要的是他從小就加入校外的劍道課程，經常在朝會時表演，雖然我們都看不懂，但是光他拿著竹劍站得筆直，揮劍的狠勁和自信的模樣，就足以讓他成為我們這群小女生心目中的王子。

可惜，王子是不會注意到我這個平民的。

派對結束以後，大家陸續回家，而我站在門口送客，忽然聽見在等電梯的女同學們一陣驚呼。

大家全看了過去，只見許晉緯還穿著劍道服，臉頰或許是因為剛運動完而顯得紅潤，頭髮也有些濕，他看見了我，然後朝我走來。

「生日快樂。」他伸直了手，遞了禮物給我。

所有女生都發出驚叫聲，並注視著我，而我看著他手中的紙袋，覺得心跳得好快。

「謝謝……」我伸手接了下來，沉甸甸地，我抱在懷中，不知道該做些什麼反應。

「哎呀，派對都結束了，但是蛋糕還有，你要不要進來吃？」小米在後頭喊著，幫我讓許晉緯可以留久一點。

「不用了，我爸還在下面等我，我只是來送禮物。」許晉緯說著，讓我略微失望，他看了我一眼，然後低頭後又抬頭。「明年再邀請我。」

這句話讓所有女生都驚叫，也讓我瞪大了眼睛。

多麼引人遐想呀。

就這樣，許晉緯來去都像一陣風，小米勾住我的肩膀，在我耳邊說：「許晉緯不會也喜歡妳吧！」

「怎麼可能……」我害羞低語，不過，我也有這樣的幻想，難道我的願望這麼快就要實現了嗎？

「是夢中的婚禮。」忽然朱翔宇跑到我面前這麼說。

「啊？」

「音樂盒裡面的歌，是夢中的婚禮。」

「喔……喔。」面對他突如其來的話，讓我不知道做何反應。

「幹嘛啦！」小米打了他一下，朱翔宇穿上了球鞋，和其他男生一起離開了。

「朱翔宇也喜歡妳。」小米看著他的背影這麼說。

「嗯……好像是齁。」

「音樂盒超級貴的耶，嚇死人了。」小米看向我手上的紙袋，「許晉緯送妳什麼？」

「我也不知道耶。」我開心地打開了紙袋，見到內容物後，和小米面面相覷。

「音樂盒？」小米皺眉，「怎麼跟朱翔宇送的一樣啊？」

我拿出音樂盒，雖然一樣都是音樂盒，可是這個是木頭色的，和朱翔宇的紅色外型不同。

轉動了一下，出來的音樂也很熟悉，可是一樣想不起來是什麼歌。

「不過他居然送妳這麼貴重的東西，可見他真的也喜歡妳耶。」小米下了結論，而這個猜測，在畢業典禮的時候得到了解答。

我們大多數的人都是升上同一所國中，只有少部分的人讀其他國中，所以畢業對我們來說不算太感傷。

不過那一天，當我們拍完照片以後，許晉緯卻跑來找我，這讓我心跳加快，而大家都站在旁邊好奇地看。

「我一直都很喜歡妳，所以請和我交往吧！」

大家都發出了驚叫聲，我更是紅了臉，不過想當然地，我答應了。

就這樣子，我有了生平第一個男朋友。

※　※　※

我和許晉緯的交往十分順利，升上國中後還分到同一班，由於國中大多都是同一所小學的人升上來，所以大家都知道許晉緯在畢業時跟我告白。

我們成了班對，且因為兩人成績都還算不錯，許晉緯更是代表學校參加劍道比賽時常獲得優異的成績，於是師長們對於我們的交往，並沒有太多的反對。

雖然媽媽覺得我年紀太小，但許晉緯真的是一個很優秀的男孩，所以媽媽倒是沒有太多意見。

「升上高中以後才可以接吻，知道嗎。」媽媽對我叮嚀，我當然也點頭保證。

不過，我們在國二的時候，偷偷在後花園第一次接吻了。

那個吻帶著一點檸檬的味道，因為我們接吻前才喝了檸檬汁，我記得自己渾身僵硬，而許晉緯也在發抖，嘴唇只是輕輕碰觸彼此，就讓我們兩個都忘記呼吸。

事後我們相視一笑，雖然有些尷尬，但是非常幸福。

很快的，我們迎來了國三生活，每個人都在用功念書拚高中，只有我和許晉緯老神在在，因為我們的成績一直都不錯。

我們說好了要上同一所高中，模擬考的分數要考那所高中也綽綽有餘，於是想當然耳，我們考上了同所高中。

確定有高中念的學校生活變得很愜意，我時常在自習課看課外讀物或是睡覺，老師們也都不會怎樣。而許晉緯則是更積極參與劍道練習。

畢業前夕，還有一場劍道比賽，他說這是最後一次以這所國中的身分參與比賽，對他意義重大。

於是，他搭上了遊覽車，和學弟們一同前往外縣市參加比賽。

沒有許晉緯的學校十分無聊，我站在走廊的欄杆邊吹著微風，看著天空發呆，有人走到了我的旁邊，我抬眼一看，是好久不見的朱翔宇。
「嗨。」他朝我打招呼。
「嗨。」我也對他揮手。
我和他國中不同班，教室也離得很遠，所以已經很久沒有跟他說過話。他變得很高，和小學時完全不同，聲音也因為變聲後不一樣了，像個陌生人，頓時讓我有些小緊張。
「我看見公布欄，妳已經考上高中了，恭喜。」
「喔，謝謝你。那你呢？」
他聳肩，「我考壞了，所以我暑假要再考。」
「喔，加油！」因為和他已經不熟了，所以也不知道該說些什麼。
忽然想起來，他以前好像還喜歡過我，送我音樂盒呢。
那個音樂盒我放在哪裡？好像是櫃子裡面吧？
倒是許晉緯送我的音樂盒，我一直以來都放在桌上呢。
「嗯……妳和許晉緯交往得很久耶，應該會結婚吧？」他說了怪話，聽起來好尷尬。
「結婚還那麼久以後的事情耶。」我皺眉，感覺和他話不投機。

他似乎很懊惱自己說錯了話，歪頭後安靜一會兒。「那我就先走了。」

「嗯。」我也沒想留他的意思，轉頭看著前方。

朱翔宇走過我的身後，我看著對面的校舍，發現好幾個老師在走廊奔跑。不是說不能在走廊奔跑嗎，居然老師自己沒有遵守規定。

「快點回教室！」忽然我們老師也從教室跑出來，對著我喊。

「可是……」現在是下課時間呢。

「快點！」老師的神色慌張，說完他就往教職員辦公室跑去。

我和朱翔宇互看了一眼，不懂為什麼老師們這麼奇怪。

「請各班導師盡速到教務處。」廣播傳來急迫的聲音，忽然我有不好的預感。

我沒有乖乖聽話回教室，而是跟著走到了教職員室，朱翔宇不知道為什麼也跟在我後面，我看著裡頭的老師們亂成一團。

「快點，要先打電話給家長，不能讓他們從新聞知道！」

「家長的聯絡方式各個導師先找出來，還有現在狀況怎麼樣？」

「有生還者嗎？我們都要先確認好才能告知家長。」

「翻覆到山谷下，剛才警消人員的通知是說遊覽車幾乎成為廢鐵，有生還者的機會不高……」

老師摀著臉，每個人都神情哀傷、驚慌又絕望。「怎麼會發生這樣的事情……」

「老師，你們在說什麼？」我走進去，感覺自己的聲音十分乾澀，心臟跳得好痛，但是我告訴自己，絕對不是我想的那樣。

「妳怎麼跑來了！我不是要妳回教室嗎？」導師看見我很震驚。

「什麼遊覽車翻覆了？」我走到導師面前，抓住他的衣服。「不是許晉緯那一台吧？」

「妳先回去教室，不要……」導師的神情說明了一切，頓時我感到天崩地裂。

許晉緯死了。

※　※　※

這一切好不真實，明明昨天還在跟許晉緯說話，明明我們還一起討論著高中要做些什麼，怎麼今天他就死了？

遊覽車翻覆的消息鋪天蓋地，無一人倖免，翻落的原因還在查證，但是我完全沒有心思去看，每天我都以淚洗面，我記得小米來找過我幾次，就連朱翔宇似乎也有來過，但是我全部不記得了。

我的人生在許晉緯死掉後，也跟著死了。

我看著桌上的音樂盒，打開後聽著那音樂，不斷重複播放著，當音樂停止後，我又再次轉動發條。

媽媽看不過去，逼迫我整理自己的房間，說我待在凌亂的空間，才會整理不好自己的情緒，要我好好振作起來。

「這樣也是為了許晉緯好，不是嗎？」媽媽哭著抱緊我，雖然我還是很難受，但開始整理起自己的房間。

我將屬於許晉緯的一切回憶。都放在最上層的櫃子，並且將我們的照片重新整理，掛在了牆壁上。

忽然，我發現了櫃子深處的紅色音樂盒。

這是朱翔宇送我的，上面都有了一層灰塵。自從小學五年級生日那天，我就一直放在這裡，再也沒有拿出來過。

我打開了紅色的音樂盒，流暢的音樂傳了出來，我想起了小五生日那天，朱翔宇紅著臉送我音樂盒，而後許晉緯也送我音樂盒，當時我們還都想說怎麼都會是音樂盒。

想到這裡，我又掉下了眼淚。

不知不覺間，我似乎是睡著了，大概是哭累了吧。

然後我聽見外面好吵，有許多小孩子的聲音，還有碗盤碰撞的聲響。

怎麼這麼吵，誰來我們家了？這種時候，還有誰會過來？

我感覺眼皮好沉重，身體也好重，我想張開眼睛，可是卻張不開。

「妳怎麼睡著了？同學們都來了耶！」我的門被打開，我聽見媽媽的聲音，同學來了？誰？小米嗎？

「快點起來！」媽媽打了我的屁股，這一下讓我瞬間張開眼睛，我都已經要高中了，媽媽怎麼還會打我屁股？

我從床上彈跳起來，頓時覺得眼前的一切有些異樣。

我的房間怎麼變得這麼奇怪？那個掛軸我不是早就丟掉了？還有書包怎麼會是小學生的書包？

「快點出來了！」媽媽對我喊，她的頭髮怎麼變短了？

我雖覺得疑惑，但還是走出了房間，但眼前的一切頓時讓我傻了眼。

「生日快樂！」

我的小學同學們，有著小學的面貌，而我抬頭，看見牆上掛著「十一歲生日快樂」的字樣。

「今天許晉緯會來嗎？」小學生模樣的小米在我耳邊輕聲說。

這是一場夢嗎？

我夢到了許晉緯還活著的時候。

「翔宇，你帶什麼禮物啊？那麼大一個。」

「啊？啊……這是秘密。」朱翔宇說。

如果是夢，會這麼真實嗎？

小米碰觸我的觸感，眼前的聲音，食物的味道，這一切都像是真的一樣。

「翔宇，你的禮物也太貴了吧！」大家都驚呼著，就連媽媽也張大嘴。

「這是生日禮物。」翔宇說。

而我愣住，這一切不是都發生過了嗎？

「謝謝。」我回答，周遭的人鼓譟著要打開音樂盒，但我的腦袋卻很混亂。

「吃蛋糕嘍～」媽媽端著我記憶中的蛋糕過來，然後大家要我許願。

「呃，我、我希望……」我看著周遭的人，每個人都看著我，而朱翔宇也如記憶中般盯著我。

「希望我們考試都一百分，然後大家上國中都可以同班。」我許了跟以前一樣的願望。

「第三個願望放在心裡！」

我希望，許晉緯活著。

就在大家要鳥獸散時，我卻十分不安，等等許晉緯就會出現了，會出現吧？至少在我的夢裡，他會活著吧？

我來回踱步，心不在焉地送走了每個來參加生日派對的同學。

「天啊！」電梯那傳來了驚呼，我立刻抬頭看去，許晉緯穿著劍道的衣服，頭髮微濕，臉頰略紅。

瞬間，我的眼眶濕了。

「生日快樂。」他將紙袋遞給我，而我伸手接過。

一如記憶中的重量。

我，回到了小學五年級的時候，而許晉緯還活著。

※　※　※

沒想到回到過去這種事情會發在我身上，到底為什麼會回到過去，我也不懂。但既然發生了，想必就是神給我的機會，這一次我一定會阻止許晉緯的死亡。

如果我要走上跟前一次一樣的路，那我最好都按照之前的方式生活，所以我並沒有急著跟許晉緯告白，而是慢慢等待著畢業典禮那天，許晉緯來向我告白。

但是，我也不能確定自己是不是都跟上一次一模一樣，畢竟很多事情我都記不太清楚，只能盡量讓該發生的事情都發生。

畢業典禮那天，我們班都在廣場上拍照，我不確定許晉緯是什麼時候來跟我告白的，我坐立不安地左右張望，他還在跟班上同學聊天。

就在這時候，我不小心與朱翔宇對到眼，他先是愣了下，移開眼神，接著又轉過頭來看我，然後筆直朝我走來。

「我們可以一起拍一張嗎？」

咦咦！我能確定上一次絕對沒有這件事。

但或許是因為我和他對到眼的關係，所以才會導致這樣的結果。

「嗯，好喔。」下意識地我就這麼回答，朱翔宇笑了起來，這好像是我回到過去後，第一次認真看他的臉。

他好像有點長高了，但是和國三來與我說話那時仍有段距離，聲音也還沒變聲。

我們合拍了一張照以後，他又盯著我的臉一陣子。

「怎麼了？」我想起他喜歡過我，但那也是五年級的事情了，況且對我來說，我現在的心智年齡已經超過十二歲了。

「我們也是同一所國中，以後也請多指教了。」沒想到朱翔宇會這樣跟我說話。

「好喔。」根據我的記憶，我整個國中三年和他沒說過多少話。

他朝我點了頭以後，有意無意地回頭看了一下許晉緯，然後又看了我一眼，才轉身離開。

而許晉緯朝我看了過來，接著如同我記憶中一般走來。

「我一直都很喜歡妳，所以請和我交往吧！」

所有人驚叫，而這一次我掉下眼淚，在大家面前抱住了他。

※　※　※

小學六年級的大膽舉動，或許讓許晉緯誤會我是很主動的女孩？

但這些都不打緊，因為他還是跟之前一樣，溫柔又體貼。

只是這一次我們接吻的時間提前了，也不在後花園，而是在無人的教室裡。

不是初吻，卻也是初吻。

而且我們也說好了，以後要念同一所高中。

要說有什麼和上次不一樣，就是我的成績更好了，畢竟我念了第二次啊。

「但是妳可以考上第一志願的，和我同高中太為難妳了。」

「沒關係，我就是要和你同一所高中。」我靠在他的懷中，或許是上次失去過，所以這一次我對他的依賴更深，時常會倚靠在他身上。

「有時候會覺得我好像配不上妳呢。」

「幹嘛這麼說。」要是你活了第二次，你會比我更優秀。

很快的，時間來到了考試前，這一次我們依舊在第一次大考就考上了同所高中，於是許晉緯便開始積極參加劍道的活動。

隨著時間越來越接近，我也越來越緊張。

我想過很多要如何阻止他去參加劍道比賽的理由，但是都不夠充分。

畢竟我不能當個無理取鬧的女友，就算我真的做了，以許晉緯的個性也不會順從，即便他很溫柔，但不會溺愛我。

所以，我唯一想到的，就是另一種誘惑。

出席校外的劍道比賽前，校內會有一場徵選，那場徵選在禮拜天的下午於學校舉辦，要是沒有參加徵選的話，無論實力多強都不會入選。

所以只要許晉緯不去參加那場徵選，他就不會搭上遊覽車。

於是，我提早做了準備，告訴爸媽想和外公外婆一起去吃飯，也讓他們聯絡好一切，然後在要出門前，假裝生理痛，最後得以一個人留在家。

送走爸媽後，我打電話給許晉緯，跟他說家裡沒人，問他要不要來我家玩。

「但是我下午要去……」

「我家沒有人耶，要不要過來。」我又大膽地說了一次。

「……這是什麼意思？妳不要讓我誤會。」

「我沒有要讓你誤會。」我小聲地說，心跳得飛快。

對許晉緯來說，或許我只是個交往了兩年多的女友，但對我來說，我和他已經交往四年了，而且不這麼做，他就會死掉。

「……那我、那我就、等一下過去。」許晉緯的聲音結巴起來。

掛掉電話以後，我紅著臉等待。

過沒多久，他也紅著臉出現在我家門口，我們在客廳呆坐了一會兒，彼此都不知道怎麼開始，為了怕他因為尷尬而想回學校徵選，所以我主動吻了他。

他就像是什麼開關被打開了一樣，俯身回吻我，還將舌頭伸了進來。

我覺得呼吸困難，他的體溫好熱，他的氣息好重。但這一切，都是為了讓他活著，都是因為我喜歡他。

所以我願意。

就這樣，我們來到房間，躺到了床上。

但即便我們看了很多，不過對於這種事情都還是新手，結果最後因為我覺得痛，加上他也太過緊張，我們沒有成功。

事後我們各自穿著衣服，有一些些尷尬，但卻覺得幸福。而除了幸福外，我更是鬆一口氣，至少我阻止了他的參選。

「下次、我會表現得、表現得比較好。」他有些結巴，耳朵跟小時候一樣泛紅，而我一笑，從背後抱住了他。「欸，妳……」

「謝謝你。」

謝謝你活著。

※　※　※

於是，遊覽車如期出發了，而許晉緯那天也跟我一樣待在學校，我開心極了，一整天上揚的嘴角都沒有垂下來。

「唉～」

「怎麼了？」我歪頭問他。

「今天正常來說，我應該也會搭遊覽車出發的。」

「怎麼了，後悔嗎？」你等一下就會知道，自己避開了什麼。

「有一點，畢竟是國中最後一次代表學校出去了。」他又再次嘆氣。

我不是很在意他的垂頭喪氣，畢竟，我知道他活下來了，這比什麼都重要。

「如果我有去參選的話，就會是我搭上遊覽車，而不是黑熊了。」

「黑熊？」我皺眉，我當然知道黑熊是誰，是他劍道社的好朋友。

「嗯，因為我不是那天去妳那兒嗎？所以我就打電話問黑熊要不要去徵選，黑熊當然很願意啦，能在畢業前再次比賽，他超高興的。」

我一愣，「什麼意思？黑熊不是還沒考上高中嗎？他怎麼能去？」

「畢竟還是三年級的實力最好啊，黑熊也說了只差一兩天沒有念書沒差到哪去，所以老師當然沒問題啦。」許晉緯輕快地說。

我的身體不斷顫抖，在這個瞬間我才意識到這事情的嚴重性。

之所以我會只想救許晉緯的理由，除了他是我男友，我在乎他以外。就是在我內心深處也認為，有些事情是命中注定的。

遊覽車發生意外是已經注定好的，那些人本來就注定在那個時候死亡。然而神給了我機會，讓我回到過去解救許晉緯。

只是我沒想過，救了許晉緯，會造成原本不會死的人死掉。

我根本沒料到，會有人替補許晉緯的空缺。

「你、你打電話給黑熊，要他下車！」我抓住他的手。

「啊？下車？哈哈哈，妳覺得他會輸嗎？」他看了一下手錶，「現在都已經要回來了，來不及了啦。」

我從腳涼到頭頂，腦後的血液如凝固一般。

忽然，我的眼角發現有個人站在那，許晉緯看向我旁邊，點了頭後說：「朱翔宇，好久不見耶。」

「對啊，我的教室比較遠。」朱翔宇看著我們兩個，然後又說：「你們在做什麼？」

「沒幹嘛啊，就看天空。你有高中念了嗎？」

「有，我考上了……和你們一樣的高中。」朱翔宇說著，而我一愣。

他在上一次，明明是考壞了說要考第二次，怎麼這一次和我們上同一所高中呢？

我做了什麼，才產生蝴蝶效應？

「哇，到時候不知道會不會同班耶！」許晉緯高興地說。

就在這時候，導師從我們教室神色難看地走了出來。

「許晉緯。」他說，而同時間，許多老師從教室跑出來。

「請各班導師盡速到教務處。」廣播傳來急迫的聲音，我腳有些發軟，握住了眼前許晉緯的手。

他在這裡，他這次在這裡。

「怎麼了？發生什麼事情了？」許晉緯摸不著頭緒，而導師掉下眼淚。

「還好、還好你沒有……」導師哭了起來，抓住許晉緯的雙臂。

※　※　※

遊覽車翻覆的消息再次席捲整個社會，不同的是，這一次許晉緯活著。

但我卻沒有預料到黑熊會代替許晉緯上車，而這一點讓我非常難受。

更讓我萬萬沒想到的是，許晉緯會因此陷入痛苦的漩渦裡。

「他是代替我上車的，死的應該是我，如果我去了，那黑熊就不會……」許晉緯總是這樣說，他的神情憔悴，連學校也不來。

好幾次我去他家找他，他都躲在房裡，就連他媽媽也沒有辦法。

「你不要這樣想，那是因為我、因為我找你，所以才……」我總是如此安慰他。

「不是妳的問題，做選擇的是我，是我的錯……」可是他並不領情。

「許晉緯，你不要這樣子，難道你死了會比較好嗎？」我氣得一邊哭一邊問。

「對，我寧願死的是我，也沒辦法看著黑熊的家人那難過的樣子！」他瞪大眼睛，眼裡全是血絲，哭腫了雙眼，看起來就像生病了一樣。

「那我呢？」我站在原地，心都要碎了。「那我怎麼辦？」

「妳能想像黑熊的媽媽握著我的手，告訴我還好我活著嗎？她的頭髮都白了，眼睛腫到都看不見了，還是笑著跟我說，黑熊會很高興我活著……是我害死黑熊，是我奪走她的兒子！是我打電話要黑熊去的……是我！是我！」許晉緯一邊叫一邊把我推出了房間，然後用力關上門後上鎖。

「許晉緯！開門！你開門！」我在門口瘋狂尖叫，引來了他媽媽的注意。

他媽媽要我先回去，要我給許晉緯一點時間。

「阿姨，他不對勁，他看起來很憔悴。」

「我知道，我會和他爸爸帶他去看醫生的……」許晉緯的媽媽搖頭，眼淚也掉下。「黑熊是他最要好的朋友……唉……」

我什麼也沒辦法做，只能一直去找許晉緯，但是他沒再來過學校，我打了好幾通電話給他，他不接也不讀訊息。

直到某天晚上，我看見他傳來的訊息顯示在螢幕。

「是妳的錯。」

我愣住，但是下一秒他卻收了回去。

我的錯。

他覺得，是我的錯。

後來，我去他家找他，但是阿姨卻拒絕了。

他媽媽說，要我暫時和許晉緯保持一點距離，給他平復心情的時間。

「他的心生病了，他一直以來都很注重朋友……給他一點時間吧，你們不是考上同一所高中嗎？一切都會好的。」阿姨如此說，像是安慰我，也是安慰自己。

我也相信，一切都會慢慢變好的。

國中畢業典禮上，許晉緯沒有出現，我一個人黯然地迎向畢業。不同班的小米特意過來與我拍照，她安慰我一切都會好的。

我也如此相信，只能如此相信。

然後朱翔宇也來了，「我們拍一張吧。」

「小學畢業你也說過一樣的話。」

「對。」朱翔宇拿出手機按下了自拍，我的笑臉實在僵硬，他看著螢幕，然後問：「我小學送過妳一個音樂盒，那個還留著嗎？」

「喔？」音樂盒？啊，那個紅色的音樂盒。「有，還留著。」放在櫃子深處就是了。

「嗯，那個是以前，我在書局買的。」

「我知道，我們禮物都也只能去書局買。」

「然後我買的時候，看見許晉緯也在那買了另一個音樂盒。」他說，而我一笑。

「你們兩個都送我音樂盒。」

朱翔宇扯了嘴角，微微一笑，看起來還想說些什麼，但是卻沒有說出口。最後他將手機收起來。「那我們高中見了。」

「嗯，謝謝你。」我也不知道為什麼要對他說謝謝，我想，或許是我能感受到他似乎要安慰我，但卻又說不出話的那種氛圍吧。

他對我淺淺一笑，轉身離開時，有幾個女孩正在偷看他。

他變成了帥氣的男孩，沒想到上一次與他不算熟，這一次卻意外地聊了許多。

「嗯，會好的，一定會好的。」我用力拍了拍自己的臉頰兩邊，安慰自己，一切都會好的。

然後，在高中開學的前一天，許晉緯從他房間跳樓自殺了。

他留下的遺書，寫滿了對黑熊死亡的懊悔，將一切的錯都歸咎到自己身上。

我才知道，他因為被罪惡感壓垮，而罹患了憂鬱症，且惡化的速度非常快。

我沒有想到要再面臨一次他的死亡，這讓我數度崩潰，我在房間尖叫、摔東西，爸媽擔心地在房門外不斷拍打，要我冷靜。

我要怎麼冷靜，難道許晉緯就注定會死嗎？我什麼也改變不了嗎？

就在這時候，我收到了朱翔宇的訊息，傳來了我們在畢業典禮上的合照。

「妳還好嗎？」他的訊息如此說。

我怎麼會好？

我把手機往旁邊一丟，覺得十分惱火，他這時候問這是什麼問題！

可是就在這瞬間，我想起了畢業典禮那天，他說過送我音樂盒的事情，這讓我一愣。

上一次我回到過去是為什麼？

因為我打開音樂盒？

我記得……那一天我是聽著許晉緯送我的音樂盒的聲音睡著……不對，不是，媽媽要我整理房間，所以我翻到了朱翔宇送我的音樂盒，我是打開了他的音樂盒後睡著，然後醒來……我就回到了生日那一天。

雙手顫抖著，我蹲到了櫃子前，從最裡面撈出了那個紅色的音樂盒。

上頭鋪滿了一層灰塵，然後我吹了口氣，拂去那層灰，接著打開了音樂盒。

熟悉的音樂再次傳來，我想我是睡著了，因為身體很沉重，可是卻又像是漂浮在水面上，然後，我聽見了許多孩子說話的聲音。
「妳怎麼睡著了？同學們都來了耶！」
我張開眼睛，短頭髮的媽媽皺眉生氣的模樣就站在我房門口，而我瞬間大哭起來。
我又回來了。

※　※　※

上次想的辦法太蠢了，所以這一次，我必須拯救整輛遊覽車的人才行。
一樣的路程走第三次其實滿累的，而且我還得小心翼翼不讓事情有所改變，我收下了朱翔宇的音樂盒，在大家的鼓譟下，我問了他：「你這音樂盒哪裡買的？」
他似乎有些訝異我會這樣問，「書局。」
啊，他明明就告訴過我，不過那是第二次的時候。
為什麼朱翔宇送的音樂盒，有回到過去的魔力？
但我沒辦法問他，想來他也不會知道的。

就這樣子，在生日派對結束後，我等待許晉緯的到來，收下他的音樂盒。

等大家都回家以後，我做了以前沒做過的事情，我將朱翔宇的音樂盒放到了桌上，細細觀察。

不過就是一般的音樂盒，我打開後聽了兩次，也沒有回到更過去，那為什麼在那時候可以……

「媽，我去書局一下！」

我來到家附近的書局，打算找朱翔宇送我的那一款，但是卻沒看到一樣的樣式，反倒是看見許晉緯送我的那款。

「妹妹，要找什麼？」老闆見我在徘徊，所以出聲招呼。

「那個，有沒有一種音樂盒是紅色的。上面有壓花圖案，然後是有點像眼罩形狀。」我盡力描述它的外型，老闆思考了一下，然後點頭。

「有啊，那一款的是今年初的商品，已經賣完了喔！」

「今年初的？」我疑惑，朱翔宇那麼早就買好我的生日禮物了嗎？

「是啊，那款進的不多。」老闆說完以後，就去招呼其他客人了。

於是隔天去學校，我又找了朱翔宇，這應該算是我第一次在班上主動找他說話吧，基本上我和朱翔宇一直以來都很不熟，所以對於他會喜歡我，我也很訝異。

「你那個音樂盒是什麼時候買的？我昨天去書局沒有看到耶。」

「我是年初的時候買的。」他對於我找他說話似乎很驚訝。

「喔，你那時候買，就已經準備好要當我的生日禮物嗎？」或許是因為已經是第三次的關係，對於某些話，我顯得比較沒那麼害羞，因為以心智年齡來說，我都已經是大學生了。

「對，因為看到覺得很漂亮，所以就先買下來了。」朱翔宇坦蕩的態度也讓我有些驚訝，他是這樣個性的人嗎？

不行，國小和他真的太不熟，所以不知道他是什麼性格。

「是喔，謝謝你，那個音樂盒很漂亮。」

「妳喜歡就好。」他這麼回答。

我轉身走回小米身邊，和她們聊著一些無聊的話題，然後我開始思考，在國三那一年，要怎麼把遊覽車的大家都救下來。

接下來的一切都如以往發展，許晉緯在畢業時跟我告白，然後我答應了，再來國中同班，我們順利的交往。

而不同的有兩件事情，第一，是我從國一就開始陪許晉緯去劍道社練習，事實上我原本也打算加入，但是卻被他們的教練以沒有天分拒絕。

第二，就是朱翔宇加入了劍道社。

為什麼會有這樣的不同，是因為在參觀社團的時候，我與前兩次不同，陪許晉緯去了劍道社，當他在裡面填寫報名表時，我站在走廊外等，看見朱翔宇走了過來。

他看見我先是一愣，然後我便對他揮手。某方面來說，他的音樂盒可是我的救命恩人，所以我很感謝他，對他有了一種親切感。

「妳怎麼會在這裡？」他的問題很奇怪，而我只是比了比裡面的許晉緯。

「那你呢？」

「我是來加入劍道社的。」

咦？他前兩次明明不是劍道社的啊。

「為什麼？」所以我這麼問。

「沒有為什麼，就是想加入。」他說完後就進了教室裡，這讓我非常困惑，難道我又無意間做了什麼跟以前不同的事情，所以才產生的蝴蝶效應嗎？

就這樣，朱翔宇加入了劍道社，因此和黑熊、許晉緯變成了好友。

再次見到黑熊，讓我覺得十分抱歉，看到活得好好的他，我也由衷感謝。

這一次，我一定會把大家都救出來的。

※　※　※

因為朱翔宇這一次加入劍道社的關係，所以我和他也更常說話。

他對待我的態度，實在不像喜歡我。我甚至懷疑，他以前國小也沒喜歡過我，就只是剛好禮物送得很貴而已。

不過這種事情，我也不可能會問他，況且現在對他來講，我可是他好朋友的女朋友呢。

現在最重要的事情，是得阻止遊覽車發生意外。

在第二次時，我得知遊覽車會翻覆，是為了閃避對向跨越雙黃線超車的車輛，也就是說，遊覽車只要別在預定的時間出發，那就能夠避開那台車了。

所以我這次的打算是在許晉緯上車前，故意打電話跟他鬧，讓他稍微延遲一下上車時間就好。

不過這個計畫實在太兩光，能不能真的順利都是未知數。

況且我也不確定自己能拖延許晉緯多少時間，要是不夠長，還是在發生意外的時間內，那就前功盡棄，誰知道這一次我還能不能回到過去呢。

「妳在想什麼？」朱翔宇不知道什麼時候來到我身邊。

「喔，沒什麼呀，喏，辛苦了。」我將準備好的水瓶遞給他。

他看了一下，然後笑著收下。

朱翔宇比我記憶中還要穩重，也長成了我記憶中的帥氣模樣，加上練劍道的關係，他好像也變得比較壯，女生們都私下偷偷說他是王子。

這倒是跟之前都不一樣，所以我覺得很新奇。

「妳知道張老師每次練習結束以後，都會帶我們去吃東西嗎？」朱翔宇忽然說起奇怪的話題。

「真的假的，我沒聽許晉緯說過。」我看著教室裡頭認真揮劍的許晉緯，自己以前從來沒有這樣過來看他練習過。

「我們劍道社有兩個老師，陳老師比較溫柔，練習完就會讓我們回家。張老師比較嚴格，但是練習完常會請我們吃東西。」

「是這樣子喔。」出去比賽那一天，是哪一個老師？我怎麼想不起來了，我也太不注意了吧。

「嗯，比賽也是一樣，如果到外縣市比賽的話，張老師就會找餐廳，結束後帶大家過去吃。」朱翔宇說著，看樣子吃過不少好料。

而我努力回想，在第一次得知遊覽車翻覆的那一天，我跟著導師來到教職員室，我記得導師座位旁邊的老師也在……

我張大眼睛，那是張老師。

所以發生意外的那天，是陳老師帶他們去比賽，然後結束後準時離開……也就是說，只要那一天是張老師帶隊的話，那他們就能夠去吃一頓飯，這樣子……就能大大延遲遊覽車上路的時間，就能避免掉翻覆危機了！

「朱翔宇！謝謝你！」我對他大叫。

他勾起一邊嘴角，「不知道謝什麼，但就不客氣吧。」

「哈哈。」我笑得開心，「通常都是張老師還是陳老師帶隊比賽？」

「都有，不過因為張老師是三年級的導師，張老師他說過，除非到時候班上的學生一半以上都有高中可以念了，不然他會讓陳老師負責畢業前的所有比賽。」朱翔宇說著，而我瞪大眼睛。

「原來如此！」我趕緊將袋子裡面的水瓶都交給他，「這些你幫我給許晉緯和黑熊，我先走了！」

「妳要去哪裡？」

「圖書館！等你們結束了以後，再來找我。」我趕緊一路跑到圖書館，點開了共用電腦的班級分配表。

對於張老師班上有幾個人在第一次考試就有高中念這件事情，我記憶猶新。因為在第一次的人生裡，我為了和許晉緯考上同一所高中，可是非常努力的，所以為了得到名額不多的推薦，我調查過其他班級的學生。

點開了張老師的班級，我算了一下當初考上的人共有十四個，其實差距不大。

但我要怎麼讓張老師班上的學生一半以上有高中念？提前告訴他們考試題目嗎？不可能啊，事後我要怎麼說自己知道題目，難道要說是夢到的嗎？

咦，等等，小米也在張老師班上，啊……對了，我記得小米和我申請同一所高中，但是小米資料做得比差我一點，所以最後學校決定推薦我……但我記得以成績來說，小米分數並不低……

我腦中飛快的思考，要有這個結論並不難。

只要我把推薦的名額給小米，小米一定能上的，這樣子張老師班上就有一半的學生有高中念了，那他就能帶劍道社去比賽，結束後還會請大家去吃東西，所有人都能完美避過那場車禍！

我感覺自己興奮得發抖，我有預感，這一定會成功的。

※　※　※

接下來的一切，就如同我計畫的一樣，因為我的「失誤」，所以沒有在第一次就考上高中，而小米則代替我上了高中，張老師非常高興，並且決定和陳老師一起帶劍道社去比賽，當然這一點我是跟朱翔宇確認的。

而許晉緯一直認為我失常了，還不斷安慰我別難過，但是我一點也不難過，還很開心，但是他也把這個當作是我強顏歡笑。

而朱翔宇這一次或許是加入了劍道社，他也沒考上和我們一樣的高中，不過他卻說要參加比賽。

我有些緊張，擔心會不會這一次朱翔宇也成了意外隕落的生命。

「那個，如果張老師沒有帶你們去吃飯，那你上車前，可不可以打個電話給我？」我叮囑他，而朱翔宇也沒多問就答應了我。

不知道為什麼，總感覺比起打給許晉緯拖時間，不如打給朱翔宇，他更能幫我完成這個重要任務。

總之，很快就到了他們要出發的日子，我萬分緊張，一直在走廊來回踱步，不斷傳訊息給許晉緯。

「妳今天特別黏呢？怎麼了嗎？哈哈——」這傢伙絲毫不知道我有多擔心，還在那邊開玩笑。

「你們幾點回來？」我問，但是他卻沒有回應。

瞬間我心涼了，正準備打電話給他時，看見朱翔宇傳的訊息。

「張老師要帶我們到附近的餐廳吃飯，會比原本晚兩個小時上高速公路。」

我忍不住抓緊手機，大聲喊了萬歲，引來了導師的注意，要我好好專心準備考試，不要分心。

但我可不擔心，因為，我一定考得上的。

那天，我在學校等到遊覽車回來，看見許晉緯從車上下來的瞬間，我的眼淚潰堤，終於，他活著，然後黑熊也活著，整輛遊覽車的人都活下來了。

不過可能是我太過自信，也太過放鬆了，在前幾次的人生之中，我都沒有考過第二次的考試，所以我沒想到第二次的考試會這麼難，難倒了我這個人生重來了三次的人，雖然我的成績也不差，但比起原本計畫要考的高中，還差了幾分。

於是，我居然就這樣子到了另一所高中。

「沒關係啦，反正我們這兩間高中捷運也差一站而已，還是能一起上下課。」許晉緯安慰我。

「沒想到妳沒考上。」朱翔宇倒是比許晉緯震驚。

「我也不知道怎麼回事，但是算了，沒關係。」我扯了嘴角，畢竟對我來說，許晉緯活著，這才是最重要的事情。

就這樣，在第三次的人生當中，我終於升上了高中。

這感覺很奇特，我該穿上的制服，和我實際穿上的制服不同，可是我的內心很踏實，同時也有點緊張，因為從現在開始，就真的是我不知道的發展了。

我和許晉緯每天都會約在捷運站見面，一起搭車。偶爾還會遇見朱翔宇，這時候我們三個就會一起搭車。

「你們要不要固定時間？這樣子我好避開，才不用當電燈泡。」朱翔宇總是這麼說。

「又沒關係，反正大家都好朋友啊。」我笑著這麼回，許晉緯也同意。

上了高中以後，許晉緯沒有再練習劍道了，這件事情也讓我很意外，畢竟他曾經這麼熱衷。倒是半路出家的朱翔宇練出了興趣，到了高中後也繼續待在劍道社。

「我加入了足球社，也滿有趣的，就是練習比較辛苦。」皮膚曬得有點黑的許晉緯說，他的頭髮剪短了，身高也更高了，看起來有些陌生，可是我卻覺得欣慰，我本來根本看不到這樣的他。

「倒是我，好像變得更白了。」朱翔宇看著捷運窗戶的倒影，裝模作樣地說。

「因為劍道服都包緊緊的關係吧。」我笑著，然後發現另一節車廂似乎有人一直在往這裡瞧。

她身上的制服和許晉緯他們一樣，所以我才會注意到，但認真一看，那不是小米嗎？

「小米！」我朝小米打招呼，她似乎嚇了一跳，許晉緯也皺眉，她尷尬地笑了笑，然後走了過來。

「我想說不好意思打擾你們。」

「什麼話啊，我們好久不見了耶！」我抓住小米的手腕，在原本第一次的人生中，許晉緯過世以後，小米還來家裡找過我幾次。

第二次的人生，許晉緯自殺後，小米倒是就沒有出現。
再來就是第三次的人生，因為我和許晉緯都好好的，所以我和小米等於是從國小畢業以後就沒有往來。
她變得好漂亮，還上了淡淡的妝容，身上也有著香香的味道。相比之下，我好像整個人從小學的外表拉長放大而已。
我和小米聊得熱絡，而許晉緯則和朱翔宇聊天，他們的站到了以後，三個人一起下車，而我在車廂裡面對他們揮手再見。
看著他們的背影，我不禁有些惋惜，本來我也該是其中一員的。

※　※　※

許晉緯的足球社活動比我想像中的還要忙碌，他在足球方面的天賦似乎遠比劍道還要高。
我們見面的次數變少了，通話的時間也變短了。
他的理由就是課業，還有社團。
時常我們見面時，他都會急著要離開，或是一邊用著手機一邊笑，似乎在跟誰聊天，但是我從不過問。

因為我覺得，他活著，這樣就已經很好了。

「嗨，又遇到你了。」我看著朱翔宇，最近在捷運站遇到他的機率高得很多。

「嗯。」他點點頭，然後和我並肩走著。

我有種錯覺，彷彿他是在這邊等我，但是我沒有問。

「最近妳怎麼都沒有跟許晉緯一起走？」在車廂裡他這麼問。

「因為他說要練習很忙，加上你們學校的課業壓力好像也比較大，所以……」我聳肩。

「……妳知道小米是足球社經理嗎？」

「真的假的？我不知道。」

「許晉緯為什麼沒有告訴妳？」

「對啊，為什麼。」我心不在焉地說。

「足球社沒有那麼忙，我們學校的課業也沒有那麼重。」朱翔宇停頓一下，

「為什麼許晉緯沒有告訴妳，小米是足球社的經理？」

「……你在暗示什麼嗎？」

「我只是說說。」朱翔宇移開眼神，看著車窗外。

「我又……怎麼會不知道許晉緯怪怪的。」我嘆口氣，「但是我要怎麼說我的感覺，我曾經失去過他好幾次，那種失去很痛，痛到我覺得只要他現在在我面前，就好了。」

「……但如果妳只是想著他活著就好，妳怎樣都無所謂的話，那妳不也正在慢慢死去？」

我望向朱翔宇，「你有時候好像都懂我在講什麼。」

他聳肩，沒有作表示。

「朱翔宇，」我喊了他名字，「你以前是不是喜歡我？」

朱翔宇一愣，渾身似乎僵硬起來。

「算了，當我沒問。」

「不只是以前。」他說，在捷運站門開啟時馬上走出去。

我看著他的背影，在關上門時，他轉過頭看著我，頓時我的心跳好像加快了一點，可是很快的失落感又襲來。

在這種時候，我問他是不是喜歡我要做什麼呢？

那一天放學，我約了許晉緯一起逛街，他說社團要練習沒有辦法，我也沒有強求。
不過，我們學校放學的時間比他們早半小時，只要我稍微趕一下，應該能在他們放學的時候抵達校門口。
其實我沒有想要做什麼，我只是想，要是他看見我出現在校門口，他會高興嗎？
於是放學後，我真的立刻衝上捷運，來到他們學校，而他們的學生正魚貫走出校門。
我站在校門口等著，很快就看見許晉緯走出來。
他面帶笑容，似乎正和誰聊得開心。而小米站在他身邊，兩個人有說有笑地走了出來。
他先看到了我，嚇了好大一跳，明顯到身體都抖了一下。
而小米注意到他的不對，也看到了我，瞬間臉色發白。
其實他們什麼也沒做，沒有牽手也沒有摟摟抱抱的，就只是很普通地走在一起聊天罷了。
只要他們的反應不要這麼心虛，我都還可以說服自己。
「妳怎麼來了？」許晉緯先扯出了笑容。

「好久不見，那我就先走了。」小米說完後，抓緊書包背帶往一旁要走。

「等一下，我們一起去吃個東西吧？」我叫住她，拿出手機傳了訊息給朱翔宇。

「妳要幹嘛？」許晉緯問。

「沒有幹嘛啊，就一起吃個東西，我也叫上朱翔宇了，我們幾個小學同學聚一聚不過分吧？」我微笑著。

「我、我等一下要補習……」小米非常尷尬。

「我真的、真的就只是想一起喝個茶，吃點東西而已。」我嘆口氣，誠摯地看著他們，讓他們知道我並沒有發瘋，也不是說假話。

朱翔宇喘著氣從學校裡面跑出來，他看見我們三個人站在一起，瞬間表情有些緊張，趕緊站到了我旁邊，觀察一下氣氛。

「你們、你們要去哪裡？」他問。

「這邊是你們的活動範圍，我不熟，所以讓你們推薦吧。」我說。

「那……」小米看著我的臉色，又看了許晉緯一下。「對面、有一間店。」

「那我們走吧。」我率先轉身來到斑馬線，朱翔宇先跟上，再來他們兩個也跟上了。

我點了一杯奶茶和甜點，他們幾個都只點了茶，所以我又加點了薯條，說我來請客，這讓許晉緯覺得我瘋了。

「我們是國小認識的吧？我對生日會那天的事情歷歷在目。」我一邊吃東西一邊說。「你們幾個都有來參加呢，而且我們還同所國中……原本應該也是要同所高中的，但我考壞了……所以～」我聳肩，「不過我覺得在現在的高中還滿輕鬆的，朋友們不錯、考試也算簡單，老師也很好，制服漂亮，學校也很大。」

「妳不要這樣子。」忽然小米哭了起來，「是我的不對。」

「幹嘛啦，我是真心這麼覺得。」對她忽然掉淚，我有些驚慌，還趕緊拿衛生紙給她。

「我寧願妳發飆。」許晉緯認真說道，我明白，他對我已經沒有愛。

很意外的，我的心情很平靜。

或許是因為我知道，比起被劈腿，我更感謝許晉緯此刻活著。

正是因為我狠狠地失去過他，所以我知道那種痛更加撕裂，我寧願他活著對不起我，也不要他死去而成為我永遠的戀。

但就如朱翔宇所說的，我感謝許晉緯活著，可是我不能活著死去。

「謝謝你和我交往過，我們分手吧。」我誠摯地說，不帶一點恨。

許晉緯和小米都瞪大眼睛，不明白為什麼我能如此灑脫。

我知道，許晉緯和小米都已經不是以前的他們了。

他們已經並肩走到沒有我的地方。

在校門口看到他們的瞬間，我就已經明白了。

「我們能不能就回到小學同學的關係，好好地吃一頓飯呢？」我看著他們三個，然後搖頭。「看起來是不行呢，我先走好了，請相信我，我真的一點、一點怨恨都沒有。」

離開咖啡廳後，朱翔宇追了上來。

「妳怎麼能這麼冷靜？」

「你是怕我會發瘋，才一直不敢明白告訴我吧？」我看著他。

他扯了嘴角，「妳如果需要人陪，可以找我，我會陪妳去任何地方。」

我看著過分成熟的朱翔宇，以及過往的種種，我開口說：「許晉緯送我的音樂盒，歌曲是卡農。」

他不懂我提到這個的用意。

「那你送我的音樂盒那首歌是什麼，我總覺得很耳熟呢。」我問。

「音樂盒的歌曲，是夢中的婚禮，我送的時候不是有說過嗎？」他笑著。

「嗯，你是說過。」我也是最近才想起來的，他的確說過。「只是那是在第一次。」

這句話聽起來毫無邏輯，但是朱翔宇卻瞪大眼睛。

「你知道那個音樂盒本來就有這魔力嗎？」

朱翔宇似乎知道瞞不了了，於是搖頭。「我不知道，我甚至到了現在才知道妳是靠音樂盒回到過去。」

「所以你並不是回到過去，只是記得而已？」

「對，我只是記得。」

「那你為什麼不跟我說？」

「那妳為什麼這一次不選擇回去呢？」

「什麼？」

「妳可以再選擇回去一次。這一次妳一定知道怎麼做。」言下之意，就是我能讓遊覽車不翻覆，也能和許晉緯考上同一所高中，並且與他繼續在一起。

這樣子，小米和許晉緯就不會背叛我了。

可是……

「不用了，我覺得好累。」我伸了懶腰，「我的人生已經往前走了，我覺得這樣就很好了。」

「妳知道我一直很喜歡妳，無論重來幾次的人生，我都很喜歡妳。」或許是因為我們的精神年齡都超過了現在的外表，所以朱翔宇說得也直白。「每一次的人生，我都與妳越靠越近，這也是為什麼我沒有告訴妳……一開始我也不確定是妳回到過去還怎樣的，我試圖靠近妳，但我不敢問。後來我發現妳大多行動都還是跟第一次一樣，只有關鍵行為不同，所以我明白了妳都記得……」

「第二次妳成功了，但許晉緯卻自殺了，所以第三次我無論怎樣也想要幫妳，我不打算告訴妳，因為我希望妳幸福，所以我會支持妳任何決定。」

說實話，朱翔宇的行為讓我非常感動。

「謝謝你喜歡我，但是我目前不想談戀愛。」但我還是拒絕了他。

「我知道，我也沒有要求什麼。」他瀟灑的聳肩，這讓我一笑。

「我想問你……關於音樂盒為什麼可以回到過去這一點，你有什麼頭緒嗎？還有就是為什麼你也會記得呢？」

朱翔宇搖頭，「我只能猜，是願望實現了吧。」

「願望？」

「嗯，我生日時看到那個音樂盒，就覺得一定要送給妳，我把我的願望寫在音樂盒底部，我猜測大概是妳夠虔誠，才能實現。而且大概是我夠虔誠，所以才能記得。」

「聽不懂呢。」

「妳回去看看音樂盒底部就知道了。」朱翔宇看了一下手錶，「我重來好幾次人生，都還是很喜歡妳，所以我想，我會一直繼續喜歡妳下去的。」

「謝謝你。」此刻聽到這樣的話，我真的覺得好溫暖、也好感動。

回家以後，我打開了那音樂盒，再一次夢中的婚禮旋律響起，而我仔細看，才發現原來音樂盒內部的內襯是可以翻開的，在裡面有一張小小的紙條，上頭是朱翔宇青澀的字跡寫著：「希望妳永遠開心快樂，難過的時候聽到這音樂就能開心。」

我聽著音樂，再次靜靜地睡著。

隔天，還是昨天的今天，我並沒有回到過去。

我拿起手機，傳了訊息給朱翔宇。「嗨，又是今天。」

很快的他回覆我：「妳又聽音樂了啊？看來不夠痛苦喔。」

他調侃著，而我笑著。
是啊，不夠痛苦，也不會痛苦了。
我的人生不會再回首過去，因為現在已經是最好的了。
「週末有空嗎？我們去走走吧？」我問，而他已讀好久，之後才回了簡短的「好。」
不知道為什麼，我能想像他在手機前面的表情與興奮的模樣，光是這樣我就忍不住微笑了。
未來，我會不會喜歡上他，我也不知道。
但是肯定的是，朱翔宇一輩子都會是我最該感謝的存在。

你們知道，音樂盒看似構造簡單，其實卻藏著大學問嗎？
如果只有音樂鈴的機芯，它所能發出的聲音很小，必須放到能引起共鳴的盒子之中，才能稱作音樂盒。
而每個音筒與音梳都是獨一無二的配對，同一首歌都是一對一的配好，不能用別首歌的音梳。
聽起來，是不是很浪漫呢？

如果說，把人生比喻成音樂盒，每一個環節都必須環環相扣，才能奏出人生的美好樂曲，我想這一次的人生，我已經做到這一點了。

我的手指撫摸過朱翔宇送我的紅色音樂盒，它再也不會被我收到櫃子深處了。

一首歌的時間

／ Sophia

人生的拐彎總是出現得特別突然。

例如我上下班走了三年的路口前天圍起了施工柵欄，又或是我下定決心終於買了某間健身房的會員，沒去幾次就收到含淚倒閉的通知信。

但這些都比不上安琪一個人替我強行創造的彎路。

比如現在，我穿著跟鞋好不容易趕上公車，剛找到位子卻接到她的電話，死纏爛打非逼我馬上、立刻、在這一秒下車，重新回到公司附近的咖啡店，替她拿一本據說攸關她生死的筆記本。

我不明白，既然是她的生死為什麼付出代價的是我？

「因為妳是足以讓我將自己的生死交到妳手中的好朋友。」

「陳安琪，我已經對妳的花言巧語麻木了。」我冷笑一聲，「妳不是在聯誼，就是去聯誼的路上。」

「妳也知道我的座右銘，沒有愛的人生比死更荒涼，好啦，我到餐廳了，我跟咖啡店老闆聯絡過了，妳一定要在三十分鐘內過去拿！」

安琪毫不客氣地結束通話，我無奈地吐了口氣，依然伸出不情願的食指按了下車鈴，隔壁高中女生看我的表情透著一股「她一定是坐錯車又不想被發現」的憐憫，不小心和我對上眼的瞬間，她立刻像做錯事一樣迅速低下頭。

我沒有搭錯車。真的。

認識安琪之後我的日子就不配得到風平浪靜。

拖曳著逐漸變長的影子，我有氣無力地往回走，繞過幾個巷口，發現了三家我從來沒注意到的店，遇見一隻打呵欠的柴犬，終於抵達那間藏匿在住家之中的咖啡店。

店家沒有任何招牌，必須仔細尋找才能發現窗戶下緣掛著兩個不顯眼的鐵鑄字樣——四季。

我不是一個會特意尋找隱藏小店的人，第一次踏進「四季」是被安琪拉著來的，原因相當粗暴簡單——每個店員都好看到喪盡天良。

令人意外的是，幾次之後，安琪不再提起這家店，屬於她的四季總是更迭得特別快，而我居然成為這裡的常客。

推開門，濃郁的咖啡香氣撲面而來，我煩躁消極的心緒漸漸落地，忽然我想，偶爾不期然的拐彎或許也不是件壞事。

店長阿海正仔細地擦拭玻璃杯，我等了一會兒，在他將玻璃杯放上杯架才開口詢問。

「安琪的筆記本忘在店裡，她說跟你聯絡過了。」

「靠窗的位子。」阿海露出有幾分微妙的溫和笑容，「陳小姐說她的筆記本放在那裡，不過剛剛來了一個客人。」

轉過身，恰好能看見一個男人的側臉，他的桌上正擺著一本我無比熟悉的黑色筆記本。

我忍不住倒抽了一口氣。

那確實是攸關生死的存在，不只是安琪的，還包含我的生死！因為是我和她高三那年的交換日記，充滿各種不堪回首的黑歷史，有太多無論如何都不應該重見天日的糟糕內容物，我不懂，到底為什麼這種東西會出現在這裡！

沒辦法多想，我快步走到男人面前，連斟酌字句都沒有餘裕，只能勉強扯開一個禮貌的微笑，打斷他的閱讀。

「不好意思。」我指向他手邊的黑色筆記本，「那是我朋友的東西，我來幫她拿回去。」

我擺足了「這東西跟我一點關係也沒有」的姿態，等著男人將筆記本遞還，我就能揮揮衣袖不留下任何痕跡地走開；無論如何我都料想不到，男人一個輕飄飄的開口，就徹底粉碎我的預期——

「戴君寧，是吧？」

「你看過日記了？」

男人突然愣住，思考幾秒才反應過來，他搖了搖頭。「沒有，陳安琪警告我絕對不能偷看，只要我偷翻一頁，就會立刻出局。」

出局？

我的理智慢慢歸位，那期間我還記得飛快地將筆記本回收，三個呼吸之後我終於串聯起一切的線索。

不該現身的日記、陌生的男人，以及陳安琪。

也就是說，筆記本遺落事件不過是用來包裝一場相親的煙霧彈。

柑橘拿鐵的煙霧氤氳在我的眼前，馥郁的香氣卻難以遮掩逸散在我和男人之間的沉默與尷尬。

我並不是第一次陷入這類的境地，自從我三年前結束戀情之後，安琪便無所不用其極地替我創造一次又一次的邂逅。

如她所說，人與人的相遇是彼此生命軌跡中的一個巧合，我們往往追求一種命定的絕對感，卻忘了我們之所以走到這一步、成為當下的這一個自己，是經過我們一個又一個的選擇與決定。

簡單扼要的說明，就是每一個出現在我面前的男人，都跟我有緣。

我接受安琪的論述，並不意味我會遵循她的準則，她替我籌謀的聯誼或者相親，十次有九次我總是能有禮並且禮貌地轉身離開，連拉開椅子都不需要。

顯然今天是剩下的那一次。

「我是安琪名義上的表哥，血緣遠到幾乎可以說是沒關係的那種。」他有一雙圓潤的黑色眼眸，不需要任何表情就顯得無辜並且誠懇。「我答應她至少留住妳三十分鐘，否則我的黑歷史就會立刻被放上網。」

無懈可擊的表情、無懈可擊的說詞，以及無懈可擊的受害者椅子。

他渾身上下明明白白寫著「我可是受妳波及的無辜群眾，區區三十分鐘應該能拿出來吧」。

果然，長相越無害的人往往越危險。

我和男人對峙了約莫十秒，短暫卻漫長的四目相對，首先別開眼的我徹底落敗了，於是我再次伸出不情願的右手拉開椅子，無奈地落座。

「所謂的三十分鐘，是從我走到你面前開始算起，還是從坐下開始算起？」

「妳說了算。」男人不在意地聳了聳肩，他的態度越是如此，越顯得我太過小題大作。「對了，我是劉品彥。」

他的口吻有些漫不經心，彷彿是忽然記起了該有個交換姓名的環節，又或者是安琪背地裡列了張表單逼迫他逐條打勾，他潦草地打完勾之後，便拿起一度被擱置的書，自顧自地讀了起來。

彷彿他跟我索要的三十分鐘，流逝的每一秒都不過是為了完成任務。眼下的情況，對於抗拒相親的我理應感到輕鬆，但看著男人稍稍垂落的瀏海，不知為何，內心深處漸漸湧上一股微妙的不爽感。

果然能跟安琪搭上關係的人都不是普通人。

我捧起馬克杯緩慢地啜飲，有些無聊地環顧四周，甚至研究了一陣子讓對面男人如此專心的是什麼書，但顯然書的主題不在我涉獵的範圍之內；最後，我的視線停在吧檯後方的置物櫃。

置物櫃上擺著一個音樂盒。

我有一瞬間的怔忪，音樂盒上有兩個可愛的人偶，人偶正愉快地牽著手跳舞，大概，轉動的時候它們的舞姿也會跟著旋轉，然而此刻的人偶一動也不動地定格在某一個時間之中。和我一樣。

「時間到了。」

一道平靜的嗓音打破我的思緒，我愣愣地轉過頭，發現男人從書頁抬起頭，似笑非笑地注視著我。「需要續杯嗎？」

「不用了，我怕睡不著。」

放下手中的馬克杯，忽然意識到其實我並沒有拿出什麼，只需要拎起包包起身就能離開。

人偶爾便是如此，明明只要願意就能輕巧地轉身，卻被某些無形、難以說明的什麼拉扯住，彷彿找不到一個適當的時間點能夠讓自己站起來。

「妳不需要顧慮我，我需要的三十分鐘妳已經給了，其他的，無論是道別或者寒暄，都不在妳的責任範圍之內。」

「謝謝你對我說這些話。」我終於起身，離開那張椅子。「再見。這句是真心的。」

「路上小心。」男人的唇畔泛開了淺淺的笑意，「這句也是真心的。」

※　※　※

離開咖啡店之後我才想起自己並沒有吃晚餐，經過超商隨便買了一個麵包，才剛咬下就有一股柑橘味在口腔擴散開來，我才發現自己恰巧拿到加了柑橘果醬的夾心麵包。

「我今天是跟柑橘特別有緣嗎？」

有緣。

男人道別時的那一抹笑莫名地浮上，我甩了甩頭，又想起音樂盒上的兩個小人偶。

「剛約完會就吃麵包，劉品彥沒請妳吃飯嗎？」

「我還沒找妳算帳，妳居然自己跑來了。」

「有良心一點好不好，為了妳我推掉好幾個約我的男人耶。」我才剛從包包裡翻找出鑰匙，安琪就勾上我的脖子，我手裡的鑰匙沒拿穩掉了下去。「劉品彥還不錯吧。」

嫌棄地推開安琪，我彎腰撿起鑰匙，卻發現門縫被塞了一張明信片。

「他人滿好的，不如妳自己留著。」

「再好的男人都需要磁場相合，我一看就知道他跟我不合，不過倒是很適合妳。」安琪突然抽走我手中的明信片，「都分手那麼多年了還寄什麼明信片。」

安琪興趣缺缺地將明信片還給我，毫無客人自覺擅自進門，又隨心所欲地癱躺在沙發上，簡直把我的住處當成她的地盤。

「戴君寧，妳不要突然腦袋一抽就跑去新加坡找周建勳喔。」她跳起身，一臉不信任地盯著我。「不行，乾脆妳把護照放我這裡。」

「呵。」我給了她一個冷笑，沒打算接話。「我去洗澡，冰箱有飲料，要喝自己去拿。」

「妳是不是在迴避我的問題？」

安琪不死心地跟在我身後，我翻了個白眼用力將浴室門關上。

從她不顧我的拒絕並且不厭其煩地替我安排各式各樣的邂逅，就能看出安琪是個固執又堅持己見的人，儘管她非常願意為朋友兩肋插刀，卻也時常強行將自認的好意塞給對方。

縱使我解釋了幾十次，她始終不相信我對周建勳已經沒有任何留戀，這三年來不談戀愛僅僅只是我沒再碰上能夠觸動內心的人罷了。

畢竟我和周建勳的分手，在她眼中是一種缺乏明確句點，又充滿藕斷絲連的狀態。

周建勳是我交往時間最長的一個男友，我們也不時會一起勾勒對未來、對婚姻的想望；沒想到，他忽然收到必須外派到新加坡的任命，這是對他工作表現的肯定，他迫切想把握住機會，堅信這是我和他更快走向未來的道路。

「君寧，和我一起去新加坡吧。」

回想起來，或許從那一瞬間，他拋出這句話時沒有跟著一個問號，就已經注定了兩個人的分道揚鑣。

彷彿他所追求的未來不需要詢問我的意見。

「我會去新加坡見你。」

儘管這麼說，然而那一刻的我們，大抵都知曉了答案。

那時的我很愛周建勳，也期盼能和他長長久久地往下走，但人總是需要面臨一個不得不抉擇的岔路口，才會知曉其實我們對另一個人的愛並沒有自己想像的那樣熱烈，至少那些愛不足以讓我捨棄安定的一切，到新加坡從零開始。

我們依然每天通電話，偶爾到哪間店一起吃晚餐，談論著各種話題，異常默契地避開關於新加坡的一切，連兩天一夜的小旅行也需要我幫忙打包的他，一場關乎未來的遷徙卻獨自收拾了所有的行李。

大概是他要前往的未來已經沒有我了。

沒多久他便出發了。

我們從來沒有談論過分手，或許是因為彼此都明白，在我拒絕前往新加坡的那一刻，一切都已經被決定了。我們聯繫的頻率漸漸減少，在他外派的第三個月，我和他終於完全淡出彼此的生活。

大概是感到疲倦了，從那之後，我對戀愛總是提不起勁，試著見了一些人，心臟卻絲毫沒有加速的意思，彷彿少了某些什麼，是我需要卻說不上來的東西。

「我找不到妳的充電線。」

安琪的聲音從門的另一邊，隱隱約約地透過水聲傳了過來，我關起水，忽然安靜的浴室顯得格外不尋常。

「在我的包包裡面。」我的聲音充滿異質感，我頓了一下。「再找一找就會看到了。」

我們需要的東西，只要認真多找一陣子就能夠找到嗎？

難得的週末我卻一動也不動地躺在床上盯著天花板發呆，意外發現角落有一隻小小的蜘蛛，牠正悠悠哉哉地等著獵物踏進自己編織的網，似乎一點也不介意時間，也不在乎上門的一隻小蟲或是一隻蚊子。

能填飽肚子就好。

安琪的理論大抵也是相同的論述，在這個城市之中每個人都是寂寞的，有些人固守寂寞不肯讓開身旁的位置，卻又有些人不在乎身旁的人並不能完美吻合那張椅子。

她認為我是固執非得到所謂「那一個人」的教徒，或許是，也或許不是，讓我遲遲無法跨步的其實是我拿著編織棒，卻沒辦法肯定我想捕獲的究竟是什麼。

小蜘蛛抓到了一隻飛蟲。

我猛然坐起身，匆匆地洗漱，抓了衣櫃最外面幾件衣服換上，像是在追逐什麼一樣，急切地攔了一輛計程車，盡可能快地趕往目的地。

——四季。

推開門，顧不上店長阿海的招呼聲，我的視線立刻焦急地搜索置物櫃上的音樂盒。

還在。

「音樂盒可以賣給我嗎？」迎上阿海困惑的眼神，我指向置物櫃，又認真說了一次。「那個音樂盒，可以賣給我嗎？」

阿海給了我一個可惜的表情。

「抱歉，音樂盒是客人寄放的，我沒有出售的權力。」

「可以請你替我問對方願不願意割愛嗎？」

「妳放棄吧。」

忽然一道冷漠的嗓音插了進來，總是在櫃檯後方兀自沖泡咖啡，從不招呼客人的咖啡師抬起他那雙太過漂亮的眼睛瞥了我一眼。

「她不會賣的。」

端出一個斷然的答案之後，他沒有任何說明的意思，低下頭繼續沖泡另一杯新的咖啡，馥郁的香氣撲鼻而來，我卻有些躁亂。

然而，他卻將沖好的咖啡遞給阿海，隨後由阿海擺在我的面前。

「他不擅長跟人，嗯，聊天，除此之外是個好人。」在阿海的示意下我像洩了氣的氣球般坐上高腳椅，「願意告訴我，為什麼突然想買下音樂盒嗎？」

突然。

阿海用的詞彙沒有錯，他大概察覺了昨天我頻頻望向那個音樂盒，最終卻當作沒有看見般逕直離開。

「它跟我記憶中的音樂盒幾乎一模一樣。」

捧起熱燙的馬克杯我輕啜了口咖啡，濃烈的苦味之後是淡淡的甜，還有股微微的酸味在舌根瀰漫開來。「高二那年我常去一家書店，裡面放著的音樂盒曾經是我的避風港，但搬家之後我就再也沒有回去過了。」

「既然妳這麼在意，為什麼不回去看看呢？」阿海的微笑中透著不解，「妳能為了一個看起來相似的音樂盒趕來店裡，是不是也能花點時間去找回自己真正想要的那一個音樂盒呢？」

是啊，當時的住處離這裡不過一小時的車程，為什麼這麼多年來沒回去過呢？

因為不敢。

從小我就頻繁地搬家轉學，高一下學期我搬到了一個小鎮，轉進了一所地區高中，對於轉學生，不是成為眾人好奇的目標，就是格格不入的外來者，非常不湊巧，這一次我不僅格格不入，還被貼上了必須驅逐的標籤。

「像妳這種不要臉的人怎麼敢來上學？」

「噁心死了。」

「我才不要跟私生女一起上課。」

諸如此類的話我聽到已經麻木，我幾乎也分不清是痛到不痛了，還是我封閉了自己所有的感官，日復一日，生活像是沒有盡頭一樣，我試著張了張嘴，終究是吞嚥下每一個想解釋的話語。

我並不是他們口中所說的私生女，儘管短暫，但我爸和我媽確實有過一段認真的婚姻，兩個人離婚之後，我就跟著我媽展開了漂泊的日子；我並不是很能理解，但我媽似乎是一個非常需要愛情的人，我的搬遷與逃離都緊緊黏附著她的每一段感情，在幾次的奔波之後，我們來到了那個小鎮。

我不是私生女，但我的媽媽確實是介入別人家庭的第三者，甚至毫不遮掩地踏進了對方的領土，像一種挑釁，也像一種炫耀，而某一天淋在我腦袋的冷水，則像是一種不得不的償還。

我不是一個善於隱忍的人，但我只能安靜承受，因為，領軍欺侮我的，是領土的主人，那個「叔叔」的女兒。

從那一刻起，我便清楚地意識到，這世界上有些事情打從一開始就是個死結，除非打破現狀，否則一切都不可能好轉。

於是我能想到的辦法只有逃躲，我既不想留在學校，也不想回那個處處營造溫馨感的家，我開始在街上漫步遊蕩，直到我踏進那家書店。

吸引我打從一開始就是那個音樂盒。

兩個小人偶隨著一首我沒聽過的音樂慢慢地轉圈，彷彿從來不在意世界之外的任何一個人，它們就在屬於自己的國度裡愉快地跳著舞。

我是不是也能和它們一樣，找到一個屬於自己的國度，不顧任何的眼光，做著自己想做的事？

從那之後，我的心慢慢安定下來，下課和假日總是窩在書店裡打發時間，偶爾翻看手機裡的行事曆，數著升上大學離家的日子還有多久；沒想到，人生的拐彎又突如其來，充滿溫馨假象的家終究是被砸毀了，剩下一片狼藉。

並且是物理性的一片狼藉。

也許是我媽和叔叔發生爭執，畢竟過於劇烈的衝突也曾經在她別段感情出現，又可能是領土的主人上門驅逐外來者，我不知道，我媽的任何一切、包括對於我未來的決定都不曾知會過我。

我只是默默收拾著散亂的家具和破碎的杯盤，又自動自發地收拾行李，依循著過往的慣例，沉默接受搬遷和轉學的命令。

只是這一次終究還是有些不同的，我媽終於決定也一併將我驅逐，她給了一筆錢連同我一起扔給舅舅，在那個客氣卻疏離的屋子裡，我默默過完高中的最後一段歲月。

回過神來，咖啡已經涼透了，但在場誰也沒有催促我，又或者指責我辜負一杯美好的咖啡。

「抱歉，咖啡涼了，錯過最好喝的時候了。」

「也不一定。」阿海垂下眼，神情像是想起了某個人一般。「對一個從沙漠裡走來的人，涼掉的咖啡還是比較好的。」

「從沙漠離開之後根本不應該喝咖啡吧。」

「也是。」阿海不知為何突然笑了很長一段時間，好不容易止住笑聲，他忽然對我說：「幸好妳不在沙漠。」

——幸好妳不在沙漠。

是啊，我已經不在沙漠裡了。

踏出四季之後天還非常亮，彷彿還有一段漫長的時光必須好好把握，我收回踏向左邊的步伐，進行了一個長長的呼吸，終於做出了相隔十年的決定。

「去把音樂盒買回來吧。」

一小時的路途之中，我推想過各種可能，也排練了好幾套說服老闆割愛的說詞，卻沒料到，碰上了預期之外的選項。

書店已經收起來了。

站在櫥窗前我一時反應不過來，眼前是一間生意很好的小吃店，我望向寫著各式麵類的價格牌，那是原本音樂盒安置的位置，如今卻連一點影子也捕捉不到。

大抵在很久以前我便錯過了。

我們總是不知道自己在漫長的歲月裡失去了些什麼，因為不敢回頭，只能不斷告訴自己，往前追尋才是真理；然而某些對我們而言不可或缺的存在，卻只有回頭尋找才能填補內心遺落的空缺。

這也許是我不夠勇敢所必須償付的代價。

「戴君寧？」

一道陌生卻透著熟悉的嗓音落在我身側，我下意識抬頭，一張意料之外的臉孔映現在我的面前。

「劉……」

「劉品彥。」他毫不在意地笑著，「讓妳記住三分之一，我果然滿有存在感的。」

「沒看出來你這麼有自信。」

「能被一眼看穿的人，通常不太有吸引力。」

他沒有打探我為什麼出現在這裡，也沒有詢問我為什麼站在店前發呆，就只是若無其事地閒聊，彷彿一切都再正常不過。

幸虧劉品彥的打岔，我失落的情緒漸漸平靜下來，甚至能有餘裕給他一抹微笑。

「這家的麵還滿好吃的，要一起吃晚餐嗎？」

「不好吃你會負責嗎？」

「不會。」他坦率地聳肩，「不過在其他方面我是個很有責任感的人。」

我忍不住笑了出來。

幾分鐘後我們還是坐在店內的位子了，料理的香氣非常誘人，麵的味道也超乎想像，果然任何事在美食之前都算不上大事。

「比我預想的還好吃。」

「至少證明我們對美食的定義有一定的共識。」

「先提醒你，今天不是相親的延續。」

「妳希望我表現出傷心還是放心？」

「吃麵吧。」是我的錯，我果斷結束這個不該提起的話題。「涼了就不好吃了。」

「這裡以前是一間書店。」

「你知道？」

我詫異地望向他，他輕輕點頭，卻拋出更令人錯愕的答案。

「我老家在這裡，後來才去台南念大學，我記得曾經有一個轉學生，不過沒多久就又轉走了。」

握著筷子的手忍不住用力，幾乎能看見那抹泛白，我知道那其實沒有什麼，也不是第一次遇到同校的學生，只是——

「可能妳不是很想提起，但我想我必須先告訴妳，避免未來在某個時間點妳突然發現，會解讀成我意圖不軌。」他鄭重地注視著我，「對我來說有些事就是這樣，一旦說出口就會立刻讓狀況變得難以承受，只是比起一時的安逸，我更想避開這件事可能在未來產生更大的損害。」

我忍不住苦笑。

「還真是果決。」

「倒也不算是，如果我沒打算和妳往來，也可以裝作前天是第一次見到妳。」他想了一下，「說不定也能訓練一下演技，在被拆穿的那一天驚訝我們居然念過同一所高中。」

忽然，他伸出手將我握著筷子的手鬆開，我有些錯愕，卻因為他不帶有任何侵略的意圖，愣愣地由著他動作。

「抱歉，我實在沒辦法放任妳這樣抓著筷子。」他憐惜地看了眼筷子，「它不應該承受這種壓力。」

這次我真的忍不住笑了出來。

心口那道繃緊的弦忽然鬆弛開來，忽然我想，這樣也許是另一種幸運，我碰上了另一個知道這裡曾有過一間書店的人，證明我曾經的避風港並不是一種虛無的想像。

「雖然是糟糕的一段日子，但其實也沒有什麼好隱藏的，不過我是有點難過，因為我是特地來找這家書店的。」

他思考了一段時間，露出困惑的表情。「抱歉，我想不到那間書店有什麼好留戀的，嗯，拜託妳不要告訴我是因為那個書店大叔。」

「想太多耶。」給了他一個白眼，「我是想來買音樂盒啦，不過現在想想，就算店還在，音樂盒可能也早就賣掉了。」

「沒有喔，如果妳說的是那個一直放在窗戶旁邊的音樂盒，大叔把店收掉的時候帶走了。」

又一道軟嫩的聲音無端介入，我詫異地回頭，居然是個穿著高中制服的女孩子。

「廖芷苑，妳又蹺課了嗎？」

「星期六本來就不應該上課，我是在捍衛自己的權利，才不是蹺課。」

女孩非常自來熟地在我對面坐下，還點了一碗麵，吩咐店員記在劉品彥的帳上。

劉品彥無奈又抱歉地向我解釋：「鄰居家的小孩，從小就有點不太能掌握人際關係的界線。」

「大人說話真的很虛偽耶。」女孩一邊掰開筷子一邊看向我，「我正在追他，雖然已經被拒絕一百零三次了，那你們現在是什麼狀況？」

「沒有狀況，吃妳的麵。」

「我是問她又不是問你。」女孩堅定地等著我的回答，「妳還沒說。」

「我說是碰巧遇到的，妳信嗎？」

「信啊，有什麼好不信的，如果每一句話都要懷疑東懷疑西的話，就表示我對妳這個人完全就不信啊，那一開始根本就不會問妳問題。」

「妳真可愛。」

「對啊，全世界就只有劉品彥沒眼光。」女孩津津有味地吃起麵，她似乎能把握完美說話與吃麵的節奏。「所以你們吃完麵要去哪？」

「哪裡都沒有要去，妳吃完就回學校。」

※　※　※

在女孩堅持不懈之下，我居然陪著劉品彥送她回到學校，還招架不住她的熱情跟她交換了聯絡方式。

「抱歉，她有時候很難控制。」

「她這樣很好啊，很讓人羨慕。」我看向不情不願朝教室走去，還不時回頭揮手的女孩。「我只是沒有想到，自己居然會回到這裡，雖然只是到門口。」

「想起不好的記憶了嗎？」

「沒有。」我輕輕笑了，「這點我還滿意外的，我一直記得在這裡過了很痛苦的一段時間，但現在回想起來，居然幾乎是空白的，心情有點複雜，但也說不上來。」

「我跟妳交換吧。」

「嗯？」

「妳拿出了一段記憶，我也拿出來一段往事吧。」

我們沿著高中校園旁的小路緩慢行走，在我記憶中這段路一直是倉促又踉蹌的，簡直像是另一條路一樣。

劉品彥沉默了一段時間，幾乎在我要開口讓他不需要勉強自己之際，他的聲音忽然拋擲而出。

「我曾經在那家書店偷了一本書。」

他說，臉上的笑容有些自嘲。「大概是所謂的中二病吧。是一本漫畫書，幾十塊錢而已，我口袋裡的錢也還買得起，也不是對那本漫畫有多渴望，更像是一種想自我毀壞的舉動吧。」

「那時候我爸媽正在鬧離婚，每天都在吵，不管開頭是什麼事，最後都落在誰要帶我一起生活的問題上，他們推來推去，也不在乎我在旁邊每一句話都聽得清清楚楚，大概是這樣，我身體裡有一股很大的憤怒一直散不去，看到那本漫畫的時候，那股想毀壞自己的心情突然爆開來，我就把漫畫塞進書包裡，完全沒有遮掩，從書店櫃檯的角度一定看得清清楚楚，但老闆卻當作沒有看見……在我要踏出書店那一刻，他喊住我，對我說下次再來。」

「我一直想把漫畫還給老闆，也想好好道歉，但我卻一直不敢踏進去。」劉品彥隱忍地嘆了口長長的氣，「後來我考到台南的大學，之後再回來，店已經關了，不過我偶爾還是會忍不住走到書店的位置，想著也許會遇到老闆也說不定。」

「真不巧，你遇到的是我。」

「那可能是另一種幸運。」

「嗯？」

「要一起去找嗎？」劉品彥朝我伸出手，「我想找書店老闆還書道歉，妳想找書店老闆買音樂盒，雖然目的不同，但目標是一樣的。」

這樣的約定實在非常虛幻。

然而，我忽然感到一股踏實，彷彿一個人踏不出去的腳步，有另一個人也同樣努力想往前走。

我把手搭上他的掌心，沒有曖昧，而是一種盟友的約定。

「好，一起去找書店老闆吧。」

訂下約定之後，我們有默契地鬆開手，下一刻我忽然又抓住他，迎上他有些納悶的雙眼，我認真地叮囑他。

「不准告訴陳安琪。」

「我已經把她封鎖了，該注意的是妳。」

「你不用擔心，最擔心她興風作浪的人是我。」

然而，儘管我和劉品彥對於兩人的來往保持一致的緘默，但阻止了安琪，卻沒料到會殺出另一個廖芷苑。

在我好不容易完成簡報，又獨自面對大Boss的「指導」，筋疲力盡地回到座位，灌完早上預先準備的特濃美式，以為終於能夠喘息的間隙，帶有女孩獨特氣息的霸道訊息猝不及防地跳了出來。

「我知道書店大叔住在哪，讓劉品彥跟我約三次會。」

「被他拒絕了？」

「對啦，妳快去說服他。」

「我不能強迫他，沒關係，都等了十年，也不介意多等一陣子。」

我想，對於一個花季少女而言，任何一點點的時間都不應該被浪費，她忍不住撥了通話給我，另一頭的語氣顯得非常急促。

「三次約會他不答應沒關係，不然一次也可以啦。」

「不是幾次的問題，這是妳跟他的約會，他拒絕了，我就不應該干預，因為我只是局外人，付出代價的並不是我。」

「那妳一起來不就好了！」

「什麼？」

「三個人約會也可以啦，反正劉品彥肯出來就好，我表白之後他就一直避開跟我獨處，找不到機會相處怎麼讓他喜歡上我？」

有一瞬間，我不知道該佩服她的應變能力，或是感嘆她的腦迴路，想必她將來一定會成為我們大 Boss 口中那種具備彈性的優秀人才。

「我問問他吧。」

「妳等我一下。」

她不等我反應就切斷了通話，沒幾秒鐘她就拉了一個三人群組，我一邊按下確認加入的鈕，一邊羨慕她驚人的行動力。

群組裡女孩已經傳送了大量的字句，佐以劉品彥的幾個簡短回應，我很快拼湊出大概的狀況。

簡單來說，女孩手中掌握了關於書店老闆的情報，據她所說是「媽媽同事的朋友的親戚」這類的關係，劉品彥找尋線索的第一步理所當然地找上女孩，卻不肯接受對方提出的約會，於是兩人僵持不下，缺乏耐心的女孩便火速另闢途徑，拉我入局開啟三人約會的新一輪談判。

雙方的拉鋸，似乎我一個人的答案就能左右局面。

壓力好大。

「來玩遊戲吧。」

「什麼遊戲？」

「軟體裡不是有爬梯子遊戲嗎？」

既然在路口僵持不下，就讓命運來決定彼此要拐向哪一個彎吧。

事實證明，上天總是格外眷顧懷著強烈目標的人。

廖芷苑興致高昂地勾著我的手，另一手不死心地想扯住劉品彥，逼得他躲到我的另一側，於是我便成了一個快快樂樂的夾心三明治。

「不覺得他抵死不從的樣子很吸引人嗎？」

「小朋友，妳的發言很危險耶。」

「妳看，他對不喜歡的人的界線畫得那麼清楚，要是交往之後根本不用擔心他在外面亂來。」

「妳忘了妳現在也在界線外面。」我忍不住多說了兩句，「很多時候，不是付出努力就能得到想要的回報。」

女孩噗哧一笑。

「擔心我喔？這些我都知道啦，我又不是笨蛋，而且該說的話劉品彥都說過了，可是我就沒辦法死心啊，要我喜歡卻又什麼都不做不可能啦，還不如能做什麼就努力去做，說不定哪天就追到了啊，就算沒追到，也會有不想再追的那一天。」

「妳比我想得還透徹。」

「就說你們大人什麼事都想太多。」

「欸，妳真的對劉品彥沒興趣嗎？」

「我聽得到好嗎？」

「耳朵閉起來不會喔。」她不放棄地追問我，「妳還沒回答，好啦，不然私訊我也可以。」

我瞥了一眼劉品彥，他無奈地抬起雙手摀起耳朵，旁邊女孩發出開心的笑聲。

有很長一段時間，我沒有感受過這樣真實的心情與快樂，女孩的情緒非常直接，卻絲毫不尖銳，她親暱勾住我的手的舉動，似乎彌補了某些我缺失的時光。

「我不知道。」我認真地思考，也認真地回答。「不想隨便敷衍妳，我覺得他是個好人，相處起來也很輕鬆，但沒想過戀愛方面的問題，更具體地來說，應該是我現在幾乎不太會有跟誰談感情的衝動。」

「也太慘了。」

「愛情並不是人生的全部好嗎？」

「那妳有其他想要的東西嗎？」

沒有。

我要收回剛剛對她的所有好感和喜歡。

「不要隨便踩人家的尾巴，會被反咬一口的。」

「那我去踩劉品彥的。」她伸手戳了戳劉品彥，揚起甜美燦爛的笑容。「你喜歡君寧姊姊嗎？」

「說喜歡妳就會放棄嗎？」

「不會啊，你又還沒追到手。」

很好，我又再度完美演繹夾心三明治的角色，卻忍不住抬頭望向身旁的男人。

劉品彥聳了聳肩。

「原話還給妳，妳人滿好的，相處起來也不錯，但現在我也沒特別想跳進一段感情裡。」

「你們真的很無聊耶。」

「那你去找一個能陪你玩的人。」

「不要，輕易到手的愛情就不好玩了。」

真是任性。

大概女孩也沒看清楚，她對劉品彥的追逐更多一種傾慕，而不是男女之間的愛情，但其實也很好，人總是在追逐的過程之中才會漸漸發現自己真正想要的是什麼，也能慢慢看清自己的樣貌。

至少，在我做出尋找書店老闆的決定後，內心深處某一道沉重的枷鎖正悄悄鬆脫，隨著我的移動，我正一點一點地被釋放。

「我想喝珍奶。」

「會胖耶。」女孩嘖了一聲，「算了我跟妳分一半，劉品彥你是男的你去買。」

「不然我去買，讓你們兩個獨處？」

女孩精緻的眉眼突然閃閃發亮地望向我，劉品彥刻意冷哼了一聲。「學學人家，這才是大人說話的方法。」

「什麼意思？」

摀著嘴我忍著不要笑出來，劉品彥嘆了一口氣，一邊搖頭一邊邁步走向飲料店，期間女孩瘋狂晃動我的手臂，不滿我和劉品彥交換神秘暗語。

「他什麼意思啦？不要笑了！」

「妳現在跟過去不也是獨處，傻傻的。」

「對耶！」

女孩斷然鬆開我的手，飛快地跟上劉品彥，他回頭瞪了我一眼，我卻壓抑不住發自內心的笑意。

真好。

說不定這一場找尋的路途本身就是一份治癒。

「原來我也是期待過這樣簡單的高中生活的啊。」

女孩非常說話算話地給了書店老闆的地址，似乎是理解這對我和劉品彥而言是非常重要的事，明明是非常好的機會，她卻從頭到尾都沒有刺探，也沒有要求同行。

只是特別強調要我不時提起她，替她刷點存在感。

「不考慮一下嗎？她這麼可愛。」

「我替她換過尿布。」劉品彥一臉眼神死，語氣非常崩潰。「我不想當變態。」

「……她知道嗎？」

「妳再替廖芷苑做點什麼，她很快就會知道了。」

孩子，看來姊姊只能幫妳到這裡了。

我低頭研究地圖，書店老闆的新住處在另一個城市，恰好是我們都不熟的陌生地點，於是我們也只能跟著導航東轉西繞，彷彿依循著一個明確的指示，每一步卻依然充滿不確定。

「不覺得現在跟我們的狀況很像嗎？」

「什麼意思？」

「目標好像很明確，也有具體的方向，但又懷抱著沒辦法完全肯定的心情。」

「如果每一步都很肯定，去到的地方也只是一個地點，不能算是一個期望吧。」

期望。

我從來沒這麼思考過。

在漂泊不安的日子之中，我不斷找尋著每一條能夠讓我更加踏實的路，例如周建動，他的愛讓我感到安心，讓我動盪的心能夠安放，直到他提出要遷徙到新加坡展開新的生活，我首先感到的並不是對未來的展望，而是一份對不確定的前方的害怕。

我總是避免陷入難以掌控的處境。包括愛情。

「到了。」

劉品彥的聲音將我從飄散的思緒中拉回現實，低頭一看，果然導航已經顯示抵達目的地；我和他交換一個眼神，鼓起勇氣按下了門鈴。

接著便是一份等待。

「你覺得第一句話應該說什麼？」

「嗨？」

我忍俊不住，又貢獻了一個白眼，然而躁動的心情安定了不少，似乎，身旁的男人懷抱著能讓人在任何狀況都能讓情緒落地的能力。

門被開啟的速度比我想像的快。

又或許是十年的等待太過漫長了，相比之下，任何一段時間都顯得格外的快；然而我們不正經的排練並沒有派上用場，書店老闆瞥了我們一眼，露出淺淺的微笑，對我們說：「你們來了。」

彷彿我們是他期待的訪客，而不是突兀造訪的陌生人。

「小苑媽媽跟我打過招呼了。」書店老闆、後來他讓我們稱呼他林叔叔，他拿出了預先準備的茶點，招呼我們入座。「找我有什麼事嗎？」

劉品彥望了我一眼，在來之前，我們商量好，先讓他歸還漫畫書，畢竟我認為這比購買音樂盒重要多了。

他小心地從包包裡拿出保存良好的漫畫書。

「對不起。」他非常懇切，語速比平時慢上非常多。「高二那年我在店裡偷了這本漫畫，一直到現在才來道歉，真的很對不起。」

「不管花了多久時間，你還是做到了。」

林叔叔的話語彷彿有某種力量，儘管只是旁觀者，我的眼眶卻忍不住泛淚，一旁偷偷抹淚的劉品彥擠出難看的笑容推了推我。

「妳哭什麼啦？」

「管我喔。」

「那妳呢？我記得妳那時候常常到書店，一待就一整天。」

「抱歉，我也沒貢獻多少營業額。」我不好意思地笑了笑，意外瞥見自己心心念念的音樂盒居然就擺在不遠處的書櫃上，語氣變得有些激動。「那個音樂盒……」

「喔，妳還記得啊。」

「其實我這次來，是希望買下這個音樂盒……但如果是林叔叔你珍藏的東西，也沒有關係，能再見到它對我來說也已經夠了。」

林叔叔的眼神忽然變得格外遙遠，他搖了搖頭，似乎想擠出一抹笑，卻還是斂下了唇。

「也好……」他喃喃地說著，「有人要帶走也好。」

「林叔叔？」

「願意聽我說一個故事嗎？」

林叔叔說了一個漫長的故事。

一個他用了將近二十年的時間訴說的故事。

他曾經是個懷抱音樂夢想的青年，不分寒暑就揹著一把吉他在街頭演出，日子久了，他注意到有個靦腆的女孩也不顧晴雨地站在群眾的一隅，安安靜靜地聽著音樂。

不知不覺，女孩成了他演出的另一個隱密的期待。

終於，在一次滂沱大雨的傍晚，他丟掉手裡的傘，抱著吉他追上女孩的腳步，請女孩捎他一程，又或者至少替他的吉他遮一段路的雨。

從那天起，他總是能找到各式各樣的理由接近女孩，在演出之外的日子兩人也頻繁地見面，他替女孩寫了一首曲子，希望愛讀書的女孩幫忙填詞，而這也是他的告白。

兩人交往了一段不短的時間，甜蜜過後是一個接一個不得不面對的現實，未來、收入、婚姻和家庭，各種他還沒深思卻足以動搖女孩的一切朝兩人席捲而來，終究在某一天沖散了彼此。

他留下一封信，幾乎等同於不告而別的離開。

信裡卻又給了女孩另一個承諾，等他功成名就後就會回來向女孩求婚，然而故事顯然易見，他亟欲出頭的闖蕩，換來的只有頭破血流以及不得不承受的現實。

他永遠實現不了曾經給出的承諾。

像是彌補，又像是贖罪，甚至更像是一種自我滿足，他開了一間書店，那是女孩曾經的夢想，他則守著一個遙遠的回憶，再也無法前進。

音樂盒裡的音樂便是他寫的那一首歌。

想作為送給女孩的求婚禮物，卻終究成為一首只能在書店播放的曲子。

但大概，曲子總有結束的那一天，林叔叔說完故事之後，彷彿用盡了所有的力氣，他以疲憊的姿態將音樂盒遞給我。

對我說：

「送給妳吧。至少我知道有另一個人喜歡這一首歌。」

我拒絕不了。

收下音樂盒之後我們識趣地向林叔叔告別，握在掌心的音樂盒卻沉甸甸的，彷彿含藏著一份我難以負荷的重量。

「怎麼辦，我覺得我不應該收下音樂盒。」

「但那種狀況，不收好像更不應該。」

「也是。」

「總之走一步算一步吧。」劉品彥忽然拍了拍我的肩膀，「先吃飯，吃飽才能好好考慮。」

「如果有那麼簡單就好了。」

「套句廖芷苑說的話。」他輕輕敲了下我的腦袋，「不要想那麼複雜，妳捧在手上的是林叔叔的愛情，不是妳自己的。」

我把音樂盒遞到他的面前。

「不然你捧看看，就知道有多重了。」

「這頓飯妳請。」他接過音樂盒，「我力氣比妳大，在妳考慮好要怎麼處理之前，我先幫妳保管。」

※　※　※

我好不容易請劉品彥代為保管林叔叔的愛情，安琪卻又迫不及待將另一份愛情塞進我的懷裡。

彷彿遲遲不能讓我脫單這件事是她生活中最大的恥辱。

「妳有沒有想過，再高級的食材，擺到一個肚子不餓的人面前都是浪費？」

「在我眼裡，妳就是整整餓了三年的女人。」

安琪再度發揮她那股「不聽不聽我不聽」的執拗，不顧我的抗拒，逕直將我帶往一個未知的目的地；然而對於安琪，我從來就沒辦法做到全然的抵抗，因為她是那一個強行將我從幽暗裡拉出的人。

或許是因為我和她相遇的開端，從此在她心底深處烙印下了「必須幫戴君寧找到幸福」的使命。

又甜蜜又沉重。

大概這就是所謂的友情。

看著安琪晃動的馬尾和強勢拉著我的右手，我再一次強力地洗腦自己。

「我知道妳覺得一對一聯誼很尷尬，今天帶妳去逛市集，而且我也會在，沒看上對方就當作逛街。」

那為什麼不一開始把目標定在愉快的逛街就好？

我想了幾秒鐘，終究將反駁的話吞了回去，避免衝動的一句話，換來一篇萬言書。

唯一能安慰自己的，是市集非常熱鬧，能讓一切分心都顯得理所當然。

逛了幾個攤位後，安琪和一個戴著粗框眼鏡的男人碰面，張先生或者李先生，總之是個常見的姓氏，他們試著熱絡氣氛，但我的注意力完全沒辦法集中，至少隔壁攤位的甜甜圈更吸引我的關注。

回過神來，方才信誓旦旦表示自己會陪在我身邊的安琪早已消失無蹤，我尷尬地給了粗框眼鏡男一個笑容，一邊避讓著人群，另一邊又極力避免跟他有任何一丁點的肢體接觸。

原來陳安琪的計謀是這個！

沙丁魚作戰。我想起這是她在攻略某一任男友時籌劃出來的計畫。

「那個、我……」

忽然人群一個擠動，粗框眼鏡男伸手將我拉近，屬於他的溫度和氣味強勢地覆蓋住我，可惜我沒有感到心動，而是冒出滿滿的雞皮疙瘩。

我飛快地往後退了兩步，卻撞進了另一道胸膛。

時運不濟。

無聲地嘆了口氣，旋過身準備道歉，卻迎上一張似笑非笑的臉龐。

他微微彎腰靠近我，低聲詢問：「需要救妳嗎？」

「請你吃三碗麵！」

劉品彥滿意地揚起笑，燦爛得幾乎能灼傷粗框眼鏡男，他替我拉好滑落的背包帶子，兩個人的距離並不貼近卻透著一種不容忽視的曖昧。

「你是君寧的朋友嗎？我們公司在前面擺了攤位，要不要來看看？」

明明每一個字都普普通通，組合起來的句子字面上也找不到一絲暗示或者曖昧的痕跡，但從劉品彥口中說出來，這幾句話彷彿一種宣示，硬生生將粗框眼鏡男從我面前逼退。

直到粗框眼鏡男的身影消失在人潮之中，我依然反應不過來。

「就這樣？」

「不管是這樣或者那樣，妳都欠我三碗麵。」

「放心，我不會賴帳。」我白了他一眼，才發現他穿著印有公司名稱的制服。「你們公司真的來擺攤啊。」

「有時候妳會發現所有的巧合都不那麼巧。」

「什麼意思？」

「不知道妳朋友陳安琪花招特別多嗎？她一邊替妳介紹對象，另一邊又聯繫我來找妳。」他聳了聳肩，這似乎是他習慣的招牌動作。「不知道她想要的是什麼結果。」

「我不想揣測她的心思。」

「妳對她倒是很有耐心。」

「因為她替我唱了生日快樂歌。」

「生日快樂歌？」

「嗯。」我的唇畔漾開一抹微笑，「轉學之後我被我媽寄放在舅舅家，沒有人記得我的生日，也不會有人替我慶祝，以前還會做做樣子給我零用錢的媽媽，連一點音訊也沒有，那天又很倒楣地下大雨，沒帶傘的我淋得亂七八糟，最後蹲在某個騎樓角落一邊流眼淚，一邊等雨停。」

我和劉品彥走過一個又一個攤位，他始終和我保持一段舒適的距離，卻又悄悄地替我擋去人群的碰撞。

他和安琪那種張揚的友好截然不同，卻一樣溫柔並且溫暖。

「那時候，是安琪發現了我，她蹲在我旁邊，問我在哭什麼？沒有安慰也沒有同情，就只是單純的好奇，我忍不住告訴她自己今天生日，安琪想了一下，就自顧自地說要替我唱生日快樂歌。」

那一首生日快樂歌，成為一道拯救我的光。

我永遠忘不了，揉散在雨幕之中的溫婉歌聲，像一個不可思議的擁抱，滲進我心底的那些縫隙。

「很久以前安琪跟我說過妳，當然，那時候我還不知道是妳。」他的聲音顯得有些遙遠，「妳知道她個性不太好，霸道又衝動，連她爸媽也常常不理解她就一味責怪她，她說幸好有妳，只有妳會仔細地聽她說話，只有妳會好好地理解她、安慰她。」

他說。

「戴君寧，這世界上也有一個人會深深地慶幸著，有妳在這裡。」

劉品彥的話語狠狠扯住我心中繃得最緊的那條絲線。

他看穿了什麼嗎？

不然怎麼會輕易地碰觸我最深處的不安？

誰都能輕易地捨棄我，先是我爸，再來是我媽，以及許許多多或許能被稱為朋友的人，連曾經的戀人也在外派工作和我之間選了前途，理智上我明白不能利用取捨來進行比較，卻忍不住想著，究竟這世上有沒有存在著一個，非我不可的人？

「對了，我得到另一個情報。」

「什麼情報？」

「我拿到一些關於余阿姨的線索。」他拋出另一個話題，將我從逐漸下沉的情緒中拉回。「上星期我去找過林叔叔，才知道他曾經偷偷找過余阿姨，但對方已經有了家庭……我在想，既然音樂盒到了我們手上，或許是想藉由我們完成些什麼。」

「要把音樂盒送還給余阿姨嗎？可是當初——」

「我也認為不應該打擾她，但至少，希望能讓她聽見林叔叔寫的曲子。」

我和劉品彥都沒想到，余阿姨所在之處距離林叔叔的書店居然那樣近，只要搭上一班公車，連轉車都不必，半小時內就能抵達。

然而，這短短三十分鐘的路程，林叔叔花了整整二十年都走不到終點。

「你說，如果林叔叔當初多走幾步路，走到余阿姨面前，故事的結局會不會不一樣？」

「不知道。」劉品彥垂著眼，視線落在提袋裡的音樂盒上。「縱使余阿姨已經組了家庭是一個誤會，她也還單身好了，但兩個人隔了那麼漫長的等待，或者說是那麼久的錯過，不管是什麼樣的感情都會變質吧……」

他揚起嘴角，側過頭望向我。

「所以我從來不相信這些承諾，除非是真正交到對方手裡的，或是我確實拿到的，其餘的每一個揣測都是虛幻的。」

我的心跳忽然漏了一拍。

明明那只是他對感情的個人感想，卻由於毫無遮掩的對望，幾乎像是一種對我的訴說。

我慌亂地低下頭。

也許是身陷於另一份濃重的愛情之中，屢屢說著對戀愛沒有心思的我竟可恥地動搖了。

一定是因為投射。

然而他的話語還沒有結束。

「我一直在想妳說過的漂泊，但每一場感情都是動盪不安的，因為人的心在任何一個瞬間都可能變幻，即便過著相同的生活，從事著相同的活動，身處其中的人依然得不到安穩。」

所以。他說：

「唯一能做到的，也只有時時刻刻地向彼此坦露，感到搖晃的時候就立刻抓緊對方，不需要多餘的揣測或者迂迴，而對方要做的唯一一件事，也只有在這樣的時刻裡牢牢地握住妳的手。」

好半晌，我終於找回了自己的聲音。

指尖下意識地蜷縮，試圖從那樣的微小動作之中一點一點鞏固我內在的安定。

「並不是每個人都能這麼果敢。」

「愛是一場旅程，每個人都需要前進。」他輕輕轉動音樂盒，悠揚的音樂飄散在我們的周旁。「起初我們在同一個地點集合出發，以為能夠並肩走到最後，但如果不時刻注意彼此的腳步，無論速度再慢，經過時間的積累終究會讓兩人的落差大到牽不住彼此的手。沒有哪個人先到終點等待這種事，這趟旅程，不是兩個人一起走就沒有意義了。」

我不會成為林叔叔那樣的人。劉品彥幾乎要把話說出口了，卻戛然而止，因為車到站了。

但其實，他想說的也都說完了。

我和劉品彥一路沉默地找尋手中的地址，過程比想像中順利，既沒有拐錯彎，也沒有多停等一個紅燈；沒想到，卻得到余阿姨已經遷徙到遠方的答案。

余阿姨的愛情故事似乎不是個秘密。

路旁雜貨店的叔叔和阿姨對著我們這樣的陌生人也能侃侃而談，他們說余阿姨是個傻女人，等了一輩子，放棄了最美好的人生守在原地，被騙了感情卻不肯認清現實，身旁明明有過幾個好男人，卻想也不想地推開機會。

幸好，十幾年過了，再多的感情或者執念也都被磨損了，她終於點頭答應一個陪伴在她身邊多年的對象，離開這一個充滿她留戀的城市。

「余阿姨是什麼時候搬走的？」

「好幾個月沒有下雨是哪一年？反正五年前還六年前吧。」

林叔叔是什麼時候來尋過人的？

我望向劉品彥，猶豫了許久卻始終沒有開口，不管得到什麼答案都改變不了現狀，況且，無論我多麼惆悵，那都不是我的愛情。

「好像我們做了努力也沒能改變什麼。」

「本來別人的感情就不是我們能夠干預的。」劉品彥聳了聳肩，表情卻不如他展現的姿態一樣無所謂。「不過，也許我們因此有了一些改變。」

是嗎？

我悶悶地踢著地上的小石子，像是傾訴也像是告解。

「我跟林叔叔是一樣的人。」

「妳也有錯過二十年的人嗎？」他皺起眉露出不贊同的表情，「妳也太早熟。」

「可以請你用正常人的思考邏輯嗎？」

瞪了劉品彥一眼，方才的低落消散了大半，我深深吸了一口氣，學著他聳了聳肩。

「我說的是不敢用力抓住自己想要的東西，從小我就會下意識選擇我的第二順位，好像只要告訴自己『反正這也不是我最渴望的東西，即使失去也不那麼心痛』。」我忍不住苦笑，「我媽剛好跟我相反，她是那種為了抓住幸福不惜付出任何代價的人，可惜結果都是遍體鱗傷，我應該是羨慕她的，卻從來不敢跟她一樣。」

劉品彥突然抓住我的手，我嚇了一跳。

「對我來說不難，我可能體會不了妳的心情，也給不了建議。」他的掌心傳來非常灼燙的溫度，我有些坐立不安。「但我多示範幾次，說不定妳能看出一點什麼。」

看出什麼？

我幾乎要從字面上的意義無限上綱，擴展任何一個可能性，我只能逼自己鎮定，佯裝他不過是在進行友好的交流。

卻一直忘了提醒他鬆開手。

「欸，妳還欠我三碗麵，我可以換成別的嗎？」

「你要換成什麼？」

「換一首歌的時間。」他說，我隱約感覺他握著我的手的力道稍稍地加重。「妳用音樂盒播完一首歌的時間，好好地思考現在的妳需不需要一段愛情。」

「……為什麼？」

「我不想把妳不要的東西強加給妳。」

什麼意思？

字面上的意思嗎？

但就連字面上的意思我都想不透啊！

趴在四季店內的吧檯，要不是店長阿海不時投來關心的眼神，我說不定能單憑額頭就把吧檯桌撞出一個洞。

「咖啡要涼了。」

「很抱歉但我現在困在沙漠裡。」

「如果有自己困在沙漠裡的認知，建議一開始就點冰咖啡。」阿海笑著調侃我，額外送了我一小盤餅乾。「有時候讓口腔更乾燥，會促使自己更奮力地離開沙漠。」

「中途渴死怎麼辦？」

「妳還有一杯咖啡，不至於讓妳陷入險境。」

我還有一杯咖啡。

阿海的話輕飄飄的，彷彿無關緊要的幾句玩笑話，卻默默輸送了一些力量，是啊，我已經不是那個漂泊無依的小女孩了，我不只擁有一杯咖啡，還有永遠會為我兩肋插刀的安琪、有份還不錯的工作，也有屬於自己的積累。

我們總是停留在自己非常脆弱的印象之中，或許正是那一份對自我的認知困住了自己，也許前方很難，可如今的我們也並非毫無力氣。

「我可以問個私人的問題嗎？」

「妳問，我不一定會回答。」

「你有沒有遇過非常想擁有的事物，會讓你不顧一切想抓住的那一種。」

「有。」阿海回答得很爽快，但擦拭桌子的動作卻頓了一下。「可惜最後沒能得到想要的結果。」

「你後悔過嗎？」

「能做的都做了，也沒什麼能後悔了，但偶爾多少還是會覺得對方的眼光有點奇特。」

奇特。我忍不住笑了出來。

能輕巧地將自己曾經奮力追逐卻落空的記憶說出口，對我而言是一件非常令人欽佩的事。

「給妳一個建議。」

「什麼建議？」

「如果妳想離開沙漠卻一時間找不到路的時候，就試著大喊吧。」

「……大喊？」

「讓妳想傳遞的那個人聽見，也許讓他等等妳，又也許讓他找條繩索拉妳一把，畢竟很多時候，另一個人不是不願意等待我們，而是因為遲遲得不到答案才選擇轉身。」

「就算還沒辦法走出沙漠也沒關係嗎？」

「有沒有關係是妳和對方之間的事。」阿海聳了聳肩，我差點以為自己看見劉品彥的倒影。「我只能為妳提供好喝的咖啡。」

每個人都在為了離開沙漠進行各種努力。

穿著制服的女孩從另一個城市風塵僕僕地趕來，一邊抱怨天氣難以捉摸，一邊從花俏的書包裡拿出甜膩的珍奶遞給我。

「聽說先禮後兵是你們大人的儀式。」

「我可以拒收嗎？」

「不行。」

廖芷苑給了我一個假笑，一邊催促我把吸管插好，又逼著我喝了一大口，最後大半杯珍奶都進了她的肚子。

「幫別人喝掉飲料的罪惡感比較低。」

「小朋友，妳只是在自欺欺人。」

「沒差。」女孩聳聳肩，忽然之間彷彿全世界都流行起劉品彥式的聳肩法。

「反正你們大人無時無刻都在自欺欺人，我這只是小 case。」

女孩漫不經心的評論總是能精準地戳中我的死穴。

「妳特地蹺課來找我做什麼？」

「沒有蹺課，我上完課才來的。」她扯了扯可愛的馬尾，猛一抬頭望向我。

「劉品彥跟妳告白了嗎？」

「什麼？」

我錯愕地看著女孩，花了一些時間理解她的語意，接著劉品彥那天的話語再度浮現，我不太確定自己該點頭或者搖頭。

女孩耐心地等待我的回答。

一向匆忙浮躁的女孩在這種時刻顯得格外安靜。

「我不知道。」我認真地搜尋適當的說法，「他讓我想一下自己是不是想要一段感情，但也沒有表現出更多的意思。」

「我就知道。」女孩喪氣地癱坐在路邊的長椅，白皙修長的腿有一搭沒一搭地搖晃著，似乎連珍奶的糖分都拯救不了她的心情。「他前幾天特地約我出來，我就覺得很不妙，不過我還是去了，果然他又拒絕我一次。」

女孩重重嘆了一口氣。

「跟之前的一百零三次都不一樣，不是我告白之後被拒絕，是我什麼事都沒做就被約出來拒絕耶。煩死了。」

「請妳再喝一杯珍奶？」

「你們大人真的很陰險惡耶，我都快胖死了。」女孩瞪了我一眼，「不要擺出那種表情啦，我被拒絕又不是妳的問題，嗯……雖然也算跟妳有關係啦，但是我不討厭妳。」

「真可惜，只是不討厭，我還滿喜歡妳的呢。」

「妳現在開始討厭了。」

我忍不住揉了揉女孩的頭髮，果不其然又收穫了她一個瞪視，她忽然跳起身，拉住我的手，冰冰涼涼的。

「去騎腳踏車吧。」

「腳踏車？」

回過神來，我已經和廖芷苑踩著租借單車穿梭在車陣裡，天色有些昏暗，她也並沒有給出一個終點，彷彿拚命踩踏腳踏車的踏板就是一切的目的。

我們騎了一段非常漫長的路途，天色幽黑得令人感到淒涼，兩個人的力氣也所剩無幾，最後我們在一個不知名小公園停下，疲憊地蹲在車旁，連走幾步路到不遠處涼亭的力氣也不剩。

女孩忽然哭了出來。

「我以為拚命流汗就沒有眼淚可以流了，為什麼身體裡的水分還是這麼多？」她斷斷續續地說著，「我知道你們都把我當小孩，以為我只是崇拜劉品彥，可是我是真的喜歡他啊……劉品彥跟我說，一個人的堅持跟等待要設下止損點，不要讓愛成為一種對自己的傷害……我聽不懂啦，但好像我繼續下去說不定就會讓別人開始受傷……」

我伸手擁抱女孩，她真摯並且直率，有著我所沒有的一切美好特質，卻依然在追逐愛情的過程中傷痕累累；或許愛始終是殘酷的，卻又是美好的，因為女孩在痊癒之後，必定會成為一個更耀眼的人。

「不是每個人都能勇敢地去追尋想要的一切。」我低聲地訴說，「我很羨慕妳，真的。就算妳覺得我虛偽，我還是想告訴妳。」

「我等一下回去就封鎖妳。」

「……好。」

「妳不准把我好友刪掉，等我不喜歡劉品彥之後就把妳加回來。」

「好。」我笑著拍拍女孩的背，誠懇地允諾。「我保證妳回頭的時候，都能看見我在那裡。」

※　※　※

女孩說到做到，非常乾脆地將我封鎖，也退出了三人群組。

儘管我無從得知她的音訊，卻能肯定女孩必定非常努力地揮散體內每一分對劉品彥的喜歡。

直到讓一切都蒸發殆盡。

每個人都在奮力地往前走，試圖離開乾燥無雨的沙漠。

我轉動音樂盒，記憶中的歌曲瀰漫整個房間，關於我過往的歲月，關於一份漫長卻終究錯過的愛情，也關於一段我和另一個人走過的短暫旅途。

「戴君寧妳已經連續拒絕我三次約會，我從來不給人第四次機會，為了妳一直破例！」

安琪毫不客氣地推開門，把一堆從便利商店搜刮來的食物隨意扔在茶几，我懶懶地換了個姿勢，有點後悔給了她一把備用鑰匙。

「把話講清楚，我拒絕的是跟妳出去，不是拒絕和妳見面。」我瞥了她一眼，冷哼了聲。「我還沒有擺脫妳的沙丁魚戰術造成的陰影。」

可惜安琪的體內組成從來就不包含愧疚感。

「我也沒料到他這麼油，後來劉品彥不是過去了嗎？」她沾沾自喜地靠在我身邊，「他勉強還算可以吧？」

可以。

很可以。

可以到讓我請了三天特休把自己關在家裡，想破腦袋也得給出一個答案。

我可以故步自封，我可以逃避，我可以放棄一切現實，但我不能讓另一個人空等。

劉品彥還在等我聽完一首歌的時間。

「妳幹嘛一副死魚樣？」

「陳安琪，妳可以去更新一些比較好聽的形容詞嗎？」

「東西吃一吃啦。」她嘖了聲，似乎進行了一場激烈的自我抗辯。「好啦好啦，今年我都不幫妳牽線了。」

「謝謝妳喔。」

縱使安琪看出我的異常，她從來不會打破砂鍋問到底，想起我和劉品彥那個必須隱瞞安琪的協定，我多少有些愧疚。

安琪一直都比我自己都還努力地替我找尋所謂的幸福。

「妳聽我說，不要發表任何意見，反正妳的意見我不用問都能想得到，我只是想告訴妳這件事，可以嗎？」

她質疑地盯著我瞧，勉強地點了兩下頭。

「有一個男人，讓我有點動搖，我對未知的感情覺得很不安，但他卻告訴我每一份愛情都是動盪的，表面看起來平穩也一樣，因為人的心隨時都在改變……他很誠實，也沒有隨意承諾會給我一份安定，還讓我好好想想現在的自己是不是想要一份愛情……」

「他──」

「不要說話！」我立刻制止安琪，逼她把聲音吞下。「反正，妳一定讓我別想那麼多，先把人抓住再說……總之我還沒想清楚，只是不想瞞著妳，但也還沒到能告訴妳對方是誰的時候。」

「我可以說話了嗎？」

「說吧。」

「妳請三天特休就為了這點事？」

「不要把別人的煩惱看得那麼簡單！」

「本來就很簡單。」安琪戳了戳我的腦袋，我不爽地拍掉她的手。「一個人能讓妳白白浪費掉一年只有幾天的特休，還需要想什麼？」

我突然愣住。

一時反應不過來地呆望安琪，她一臉憐憫地捏捏我的臉頰。

「真可憐，為了這點小事用掉特休，而且還是三天。」

「陳安琪，妳要自己滾還是我幫妳滾？」

「惱羞成怒也換不回妳逝去的特休。」

交友不慎。

我一個轉身俐落地拉了被子將自己埋進去，拒絕聽見更多的嘲諷，安琪非常沒有同情心地哈哈大笑，自顧自地打開飲料咕嚕嚕地喝了起來；伴隨著自然的生活噪音，我的思緒終於慢慢平靜下來。

大多時候，我們並不是需要答案，而是需要一份面對答案的勇氣。

「蛋塔不吃我就全吃嘍。」

猛然掀開被子，我憤憤地奪過安琪手中的蛋塔盒子，用力地咬了一大口。好甜。

我忍不住皺起了眉，順手接過安琪遞來的綠茶，緩解了口中的甜膩。

「是劉品彥吧。」

「咳、咳、咳……」

我差點被綠茶嗆到，但手邊能拯救我的也還是同一瓶綠茶，我錯愕地望向安琪，她居然也給出一個劉品彥式的聳肩，以非常瞧不起我的口吻說著：「除了他之外，妳身邊還有什麼男人？」

也許我比自己以為的更加容易看穿。

是不是我的動搖也在劉品彥眼底展露無遺？

接下來的日子，我和他都進入一段極為忙碌的步調，尋人任務結束之後，彷彿我們失去了一個聯繫的理由，任何的問候都必須迂迴地想過幾次，才得以按下發送鍵。

——你們大人真的很愛想很多耶。

女孩的評論不期然地竄進我的腦海，我垂下眼忍不住笑了，是啊，大概是一路走來承受過太多的失去與傷害，在試圖保全自己的同時，也丟失了某些勇敢，甚至連面對真心——無論是自己或者是對方的——都顯得心慌。

「這沒什麼不好，害怕受到傷害，害怕得到之後又必須面對失去，想保護自己的心無可厚非，但是我有時候會想，失去是一種可能性，錯過卻是一種必然，假使替換成陷阱遊戲，一個是可能會掉落，一個是絕對會摔下去，我們不用多想都會選前一個吧。」

阿海難得說了一串長長的話，店裡沒有太多客人，只有幾個熟客，其中一個大概是作家的女孩正小心地央求那個帥氣的咖啡師。

忽然，咖啡店的門被推開，在平靜的空氣裡揚起一陣微小的風，我下意識旋過身，卻沒料想到會迎上劉品彥的笑臉。

「……真巧。」

「不算巧。」他在我身邊的位子坐下，肩幾乎要擦過我的卻始終沒有。「知道妳在這裡才來的。」

我找不到一個適當的話語作為回應，但他似乎並不在乎，一如起初我和他在窗邊的位子面對面地坐著，他依然能自在地讀書；然而，我忍不住偷偷瞄了他一眼，從他輕輕顫動的睫毛，我忽然想，或許他不是不在乎，而是在心中做好所有的預備。

做好了落空的預備才來到這裡。

我的心像被什麼擊中一樣。

「市集活動好像終於結束了……」

「如果沒有想說的話，不用逼自己硬聊，坐在隔壁，安靜地喝咖啡也是一種很好的相處。」

「你說的是一種理想的狀況吧。」我的視線落在焦糖拿鐵的白色奶泡，盯著泡沫慢慢地塌陷。「通常我們只要見到另一個人，不管有意或者無意，都會努力想做些什麼來讓彼此之間不要陷入一種膠著。」

「但是，我們努力在找的，不就是一段理想的關係嗎？」

我分不清他是單純地發表感想，或是拋出了暗示。

然而，他從未步步進逼，總是在我幾乎要顯得無措之際又拐了彎，留給我一大片能夠迴旋的餘地。

「我肚子有點餓了。」

「什麼？」

「雖然對店長不太好意思，但這個時間點，我突然很想吃車站附近那間關東煮攤子。」他直直地望向我，眼底有我的倒映。「要一起去嗎？」

結果我們坐在便利商店的戶外座位，吃著一點也不美味的魚板和高麗菜捲。

「有時候衝動多少要付出一點代價的。」

「至少不傷荷包。」我有些好笑地戳了戳碗裡沒人想動的黑輪，「另一個角度來看可能也算一件好事。」

他忽然夾走了黑輪，在我以為他要獨自犧牲之際，他俐落地將黑輪分成兩半，將其中一半擺到我面前。

「既然是一起做出的決定，就要一起承擔。」

「明明是你提議的。」

「嗯，我提議的。」他果斷地吃掉黑輪，每個字句卻依然異常清晰。「在妳接受提議的那一瞬間，就成為兩個人的決定了。」

下一刻，我也乾脆地把黑輪塞進嘴裡，他卻立刻遞給我一瓶綠茶。「不過至少有人會幫妳拿飲料。」

我又突然想起廖芷苑的話。

「你們大人真的很迂迴。」

「妳離小朋友時期也已經很遠了。」他揚起有些壞心的笑容，「誰讓妳一副在躲我的樣子，我一直猶豫是要逼緊一點呢，還是給妳更多空間慢慢來……」

「咳、咳、咳……」

一不小心我就被冰涼的綠茶嗆到，眼前男人的隱喻一眨眼就轉成直球，跨度大到我幾乎要消化不良，只能瞪大雙眼盯著他。

「我覺得自己應該學習廖芷苑。」

「什、什麼意思？」

「我喜歡妳。」

「你說什……這裡是超商門口欸……」

「不夠正式嗎？」

「我不是這個意思……是太突然了……我……」我慌亂地握著綠茶瓶子，「反正就是那樣……」

「一開始我打算循序漸進，給妳足夠的緩衝和時間考慮，但我太高估自己了，我連一首歌的時間都有點等不了。」他的語氣揉著些許調侃，視線肆無忌憚地盯著我。「我說過我不喜歡揣測，人心在不確定的等待之中太容易質變了，因為我們沒辦法肯定必須等待多久、而我們的等待是不是一種空等……我不想，也不會成為林叔叔那樣的人，所以，戴君寧，我喜歡妳，希望妳清楚接收到這一點。」

他說。

「未來的每一次見面，我都會問妳一次回答，我大概做好了被拒絕一百次的預備，所以妳有一百次的拒絕可以用。」他稍稍頓了幾秒，「不過，如果我的喜歡成為妳的負擔，只要一次清清楚楚的回答，我就會停下來了。」

不會讓自己的喜歡成為妳的困擾。

也不會傷害妳。

「所以今天算第一次嗎？」

「嗯？」

「我是說，你的一百次是從今天開始計算，還是下次開始？」

忽然我想起和他的初次見面，兩個人隔著一張小方桌，一邊對峙，一邊定義不得不相處的三十分鐘該從哪一個瞬間作為起點。

「下次吧。」他輕輕地笑了，又做了招牌的聳肩動作。「值得紀念的第一次被拒絕，我會記得找個氣氛比較好的地方。」

我忍不住笑了出來。

寶特瓶的水氣讓掌心變得濕漉漉的，我分不清是凝結的水氣或是從我體內蒸散的熱氣。

「有點晚了，我送妳回去吧。」

「到捷運站就好。」

「妳知道從這個角度就能看到捷運站嗎？」

「……再短的路途也是得走啊。」

我的聲音壓得很低，不敢肯定他有沒有聽見，但反正也沒打算說給他聽，視線所及的男人坦率地收拾殘局，絲毫沒有和我爭執路程長短的意思。

卻在走到我身畔之際，稍稍彎下腰。

「走吧。」他輕淺的笑聲迴盪在我的耳畔，「不管速度多慢，都得要開始走。」

於是我們終於緩慢邁開步伐。

往那個，就在眼前卻尚未到達的目的地前進。

一步一步確實地往前走。

在距離捷運站只有一個路口，我和他在紅燈前停下，看著不斷倒數的秒數，我緩緩地在心底積聚勇氣。

「我是一個很慢熟的人，對感情也很謹慎，但我想……」

倒數五秒。

四。

三。

二。

「我應該不會拒絕你一百次。」

一。

趁劉品彥愣住的瞬間，我快步往前奔跑，在途中轉身朝他揮手。「下次見。」

他好看的臉上綻放開來一朵燦爛的笑。

「下次見。」

隔著路口我們四目相對，好像那樣遙遠，卻又那樣靠近，我想，兩個人之間的距離遠近從來就只是彼此願不願意努力走向對方。

走到對方的面前，好好傾訴真正的心意。

一首歌的時間並不是很長，我並不想花上一輩子才能聽完。

「戴君寧！」

在綠燈秒數只剩下三秒，他忽然邁開步伐朝我跑來，不過是幾個眨眼的間隙，他就已經抵達我的面前。

「已經答應要送到捷運站，我就會陪妳走完這段路。」

無論路途有多短，我依然會一步一步陪妳走到底。

錯失的音樂盒

／苓菁

莊方郁加快腳步進入車廂，一見到位子立刻坐了下來，社畜結束一天的疲憊工作後，看見位子就是搶著坐，回家這短短半小時路程，便足夠她能睡好幾輪，完全沒有想禮讓的心情。

累都快累死了，她沒這麼大愛。

幾乎一坐下她就昏昏欲睡，但一旁的女孩子實在過度興奮，吱吱喳喳得讓她很難不分神。

「快點傳啦！快點！」

「不要啦！妳們很煩！」

「把她手機拿來！我來傳！」

「欸！不要鬧喔妳們！」

三個高中生，一個坐她旁邊，另外兩個就坐與之垂直的位子，三人搶著一支手機，被搶走手機的女孩又慌亂又緊張，最重要的是雙頰緋紅，難為情得要命。

「妳都這麼喜歡他，幹嘛不告白？」

「講得那麼容易，萬一他不喜歡我呢？」紅臉女孩壓低聲音說著，「那以後見面多尷尬？」

「可是萬一他喜歡妳呢？」另一個同學眨著眼，「有沒有可能錯過了這次，你們人生就沒有交集了？」

紅臉女孩怔了住，但是羞赧的她搖著頭，還是不敢。

朋友們奮力鼓吹，因為她們都覺得有戲，認為那個男生也喜歡女孩。

下一站抵達，女孩子同時下車後，四周便靜了下來。

唉，真好啊。

莊方郁靠著後方的牆泛起淡淡的笑容，那種緊張又害羞的心情她也曾有過，她非常非常瞭解那份既期待又怕受傷害的心情，激動得難以入眠，好想把喜歡說出口，又怕說了連朋友都做不成。

最折磨也最甜美之處在於日常的相處，很喜歡跟他在一起，但卻得用盡全力去隱藏自己的喜歡，深怕被看出來的焦灼。

只是她最後真的有邁出那一步。

不過不是每次的邁出，都一定會有結果。

※　※　※

鳳凰花在枝頭綻放，莊方郁站在樹下看著豔橘色的花朵，她很喜歡鳳凰花，並不是因為它代表離別，而是喜歡它們如火燄般燃燒的張揚，像極了他們燦爛的青春。

「莊方郁！」好友許千琳正遠遠的喚著她，「莊方郁！」

「聽到啦！」她回頭嚷著，「不必叫這麼大聲。」

許千琳氣喘吁吁地跑來，一掌就往她背上招呼。「妳跑這麼遠來幹麼？」

「咳……咳咳！」莊方郁向前踉蹌，這一掌差點沒把她的肺給打出來。「妳是有必要這麼使勁嗎？我只是在這裡沉思一下而已。」

她嘆口氣，手裡拿著飲料，不好直接說：就是想避開妳這吱吱喳喳的擾亂源。

「想好了嗎？」許千琳睜著一雙圓滾滾的大眼，煞有介事地望著她。

莊方郁被她這麼一望反而慌了，「想、想什麼？」

「畢業禮啊？妳不是在想什麼時候把禮物給顧緯羿？」許千琳跟著一頓，「不然妳來這裡沉什麼思？」

我就是不想被妳一直盯著送禮這件事啊！

「有沒有可能我真的只是想……」

「我剛又聽說別班的女生送他禮物了耶，他禮物收超多的，妳再不快點，是要等出校門喔！」許千琳比她還急，「妳禮物到底準備好了沒？」

「厚……許千琳，妳真的很煩！」莊方郁唉聲嘆氣，「妳就不能讓我自己好好處理這件事嗎？」

「讓妳處理只會不了了之啦，妳一定會躲的，不然我幫妳送！」許千琳非常仗義，「是不是妳今天帶來的那個——」

「許千琳！」她緊張地出聲警告，「妳不要動我東西喔！我自己會……我會送的！」

「那就快啊！大姊！等等就要放學了！」

許千琳憂心得彷彿現在要送禮的人是她，彷彿莊方郁再不告白，對方會跑掉似的。

就這樣，許千琳拖著莊方郁往教室的方向奔，因為畢業典禮已經結束，大家留在學校做最後的整理與掃除，等等就要放學了。

其實，莊方郁跟顧緯羿是很好很好的朋友，畢業後要再見面並非難事，可是今天是個特別的日子，做事好像還是需要點儀式感。

他們兩個實在太熟了，所以莊方郁才跨不出那一步。

她跟顧緯羿是隔壁班，會混熟是因為高三的畢製，從畢業紀念冊到畢業典禮的流程，高三生自己都要參與，所以各班推派一個代表出來，所有人一起溝通大小事項，於是整個高三扣掉念書的時間，他們幾乎都在一起。

被推派出來的人，多半都是各方面條件優秀、又具辦活動的經驗者，顧緯羿便是四班班代，各股長都做過就算了，高二時還是學生會的總務，體育好、功課好，標準的別人家的孩子。

更討人厭的，就是他長得真的還不錯。

他非常受女孩子的歡迎，畢製小組中很多女生都喜歡他，他不是那種校草型人物，但是因為開朗又人好，加上長得不差，完全就是女孩子心目中的暖男，誰不喜歡？

她……也是。但是他們真的太近了，近到像是最好的朋友、像哥兒們，她怕突然跟他說了喜歡，最後連朋友都做不成。

但是高中畢業後，他們見面的機會便會減少，而且他們考上不同的大學，距離只怕更遠……她覺得如果不說出自己的心意，她的青春就會留下一份遺憾。

如果不成……也不怕未來見面尷尬是吧？

想是這樣想，但跨出那一步真的很難。

「喂！小郁！」回教室的路上，顧緯羿率先看見了她。「妳跑去哪裡了？我們還沒合照耶！」

「啊？」她有些措手不及。

「合照啊！來來……許千琳，妳幫我們拍！」顧緯羿將手機塞給許千琳，立刻跑到她身邊站好。「多拍幾張嘿！」

「沒問題！來！」許千琳舉起手機，不懷好意地瞇眼笑著。「莊方郁，妳站太遠了！靠近一點！」

什、什麼啦！可能是心虛，莊方郁反而很不自然的僵硬，但肩頭忽然被大手一攬，直接撞上了顧緯羿。

「過來點啊！來～YA！」他大方地比YA，莊方郁卻像隻驚弓之鳥。

「看這邊喔～笑！」許千琳指頭連拍，「莊方郁！笑一下啦！」

她尷尬地擠出笑容，自己都不知道為什麼這麼不自然！

「妳怎樣？心情不好嗎？」顧緯羿立即低下頭，二話不說湊近她臉瞧。「畢業了所以傷感嗎？」

太近了！莊方郁嚇得伸手阻擋，結果這一出手，就抵在了他胸膛上。

「沒……沒有！」她收不回手，就這麼貼著……傻得不知道該怎麼辦。

「妳剛剛一下就不見了，傷感自然啦！所以要多拍點照片留念！」顧緯羿笑得倒是很自然，轉頭往校園望去。「這應該是我們在校園裡的最後一天了吧！」

兩旁眾多尖銳的目光投射而至，莊方郁趕緊收回了手，顧緯羿的愛慕者真的太多了。

「是啊，最後一天。」莊方郁告訴自己要自然要自然啊！鼓起勇氣抬頭望向他。「這一年來，辛苦你了！」

從一起念書到所有畢業製作，真的是非常辛苦。

顧緯羿回以微笑，朝著她伸出手。「辛苦了。」

她自然地回握，所有辛酸快樂都在不言中。

「回教室嘍！」不遠處各班導師陸續走來，「大家都回來，最後一次班會！」

「嗄？都畢業了還有班會喔！」

「快點！」

學生們陸續地回各自教室，許千琳突然頂了莊方郁一下，禮物啊！

對啊！

「你等一下！」莊方郁焦急地對顧緯羿喊道，轉頭往教室裡去！

莊方郁奔回位子上時，發現她的桌子四周竟堆滿了各種禮物跟卡片！原來班上同學都感謝她這一年的付出與辛勞，自發地送她畢業禮物，別班的畢製小組跟認識的朋友也都送禮，她的禮物不僅堆到桌椅都擺不下，有的還堆到別人座位區，有人用大袋子幫她裝了兩袋擱在桌腳邊。

可是顧緯羿的禮物，也被混進大袋子裡了！

哎，莊方郁都傻了！她焦急地想抽出袋子裡的禮物，但周邊的空間完全不夠，結果導師已經站在講台上，全班也都坐定，她禮物都還沒拿出來。

尷尬地坐回位子，她此時才懊悔應該早點送出去的，大大方方地送，這沒什麼啊！

導師在上頭感傷地說著送別與鼓勵的話語，莊方郁完全沒心思聽，她怕等等大家放學的時間不同，刻意約顧緯羿出來就跟她原訂計畫不同了！她也不懂在害羞什麼，平時他倆課後去吃冰吃麵都很正常，為什麼送禮物就覺得不自然了？

後肩被人點了兩下，一張紙條送了過來，莊方郁轉頭看向靠門口的方向，許千琳就坐在後門，比劃著把東西給她，她可以溜出後門遞出去！

她沒有一絲猶豫，把整袋禮物向後傳送，讓他們傳給許千琳，然後許千琳就在導師聲淚俱下的時刻，低著腰溜出教室了。

顧緯羿是哈利波特迷，所以她找到一個非常非常特別的音樂盒，會響起哈利波特的專屬音樂；而一起的禮物還有一張卡片，上面沒有告白話語，而是她約他下午在他家附近的公園老地方見面，有重要的話對他說，不見不散。

那個公園她去過好幾次，之前他們就常一起討論畢製的事，起初是公平起見，輪流去彼此的家，久而久之成了一種習慣；他家附近公園裡有個角落旁有張長椅，他們總是會買他家巷口的珍奶跟炸雞，坐在那兒邊討論邊吃。

她想在那個極具意義的地方，正式地跟他告白。

她，是真的非常非常喜歡他。

※　※　※

大雨傾盆，雨絲打在玻璃窗上，呈現網狀的向下流著，莊方郁望著窗外的小庭院發呆，雨下這麼大她還不急著離開，這種雨勢出去只會變成落湯雞而已。

她坐在餐廳的一角，外頭是餐廳自個兒的綠色小庭院，看著大雨暴打葉梢，她總會覺得心頭窒悶，多少年過去了？她竟然還是忘不了那個大雨的下午。

她打著傘站在長椅邊，雨大到濕了衣裳濕了鞋，直到月亮升起，她都沒有等到顧緯羿。

手裡握著的手機總是打了字又刪除，再舉起打字又刪除，反反覆覆，訊息卻始終發不出去。

即使是盛夏，渾身濕透的她回到家裡還是冷到發抖，但搞不清楚是心冷還是被雨打濕的身子冷了！媽媽問她發生什麼事？她只是搖頭，她什麼都不想說，腦子裡想著他可能有事耽擱、或是出了什麼事，或許她可以傳訊息去隨便哈啦兩句試探看看，跟日常一樣就好。

但她就是自然不了，因為他沒來。

只要想到如果他是刻意不來的，那她傳出去的每一個訊息都會成為笑話，像個愛不到就死纏爛打的女孩，她臉皮沒那麼厚。

她那晚抱著手機，呆呆地等著他的訊息，因為他們每晚都會互傳訊息，說些無關緊要的事！尤其每晚睡前，顧緯羿總是會問明早要不要幫她買早餐……可是他們畢業了，再也不需要去學校了，也就不再需要買早餐了。

她沒哭，只是心梗得難受，做什麼都提不起勁，盛夏的陽光明媚，在她眼裡卻像黯淡無光的世界末日。

那晚，顧緯羿沒有傳任何訊息了，此後接連三天，她望著零訊息的對話視窗，已經完全明白了他的意思。

那時她才明白，有時並不是告白失敗才當不成朋友，其實只要對方不喜歡妳，妳只是意圖跨出那一步，都可能當不成朋友。

她當即封鎖了他，自此爾後，就是陌路。

「唉！」她忍不住嘆了口氣，端起溫熱的餐後咖啡喝盡。「都七年了妳什麼時候要放下這件事啊？」

她托著腮，對著玻璃裡倒映的自己問著，莊方郁啊，這種事記七年很蠢好嗎？每次看到下雨就悶到像血栓更蠢！不就一段逝去的友誼，高中屁孩沒結果的純純戀情，是在介懷什麼？

那傢伙長什麼樣都已經模糊不清了吧？居然還在意那種小事？

振作吧妳！她拿起帳單起身，下午有個重要的訂單要談，她親自來拜訪客戶，提早到客戶公司附近的餐廳等著，好讓自己提早十分鐘抵達，從容不迫。

拎起要給客戶的禮盒，這是最重要的東西，她能濕，禮盒可不能。

「買單。」

走近櫃檯時，同時有另一個人從左側過來，與她同時把帳單遞上桌子，兩個人就這麼擦撞上了。

「啊！抱歉！」

「對不起！」

莊方郁向左看過去趕緊致歉，對方同步也說了對不起，然後，空氣就凝結了。

什麼叫長什麼樣她都記不清了？那是張化成灰她都不會忘記的臉，她自欺欺人了！

男人看著她，眼神從訝異到瞇起眼，只花了短短五秒。

「喔。」

「喔？」這什麼語調？

男人抽回帳單，比了個請的姿勢。「女士優先。」

莊方郁悄悄深呼吸，這傢伙是在陰陽怪氣些什麼？她也不客氣地推了帳單向前，再說了句買單。

櫃檯結帳小姐眼珠子骨碌碌地轉著，不太懂得眼前這對男女是在搞哪齣，不過空氣中似乎有著些許的火藥味？

莊方郁平靜的雙手抱胸，報著公司統編，一派從容鎮定，但天曉得她內心簡直翻江倒海，正在放肆狂吼！

顧緯羿！居然是顧緯羿？他為什麼會在這裡？他不是大學畢業就出國了嗎？人不是在國外念書嗎？為什麼會出現在台北！而且台北這麼大，為什麼、偏偏、出現、在這間咖啡廳裡！還選這時這刻結帳！

冷靜，莊方郁！妳得冷靜！都七年了，誰記得高中時那種雞毛蒜皮事！小孩子的暗戀不是個事，再說了，當年她又沒告白，有什麼好尷尬的！是他失約，應該要慚愧的是他對吧？

是了，什麼事都沒有，啥事都沒發生，他們就是個七年沒見的老同學。

「我以為你在國外。」掙扎半天，她從喉間擠出這幾個字時的聲音卻非常扁平。

「嗯，前年就回來了。」他也報上統編，看來他已經有工作了。「妳看起來也挺不錯的，很 OL 感。」

「主管。」她回著，一邊在心裡咒罵著自己是在較什麼勁兒？

「哦？才畢業沒幾年就當主管了？挺不容易的……好像也不意外，妳本來能力就很出眾。」

突如其來的讚美反而讓莊方郁有點措手不及，「……謝謝！」

她本來想問他在哪工作的，但這樣問……會不會讓顧緯羿認為她想知道他在哪兒？她不要！她不想再牽起任何關係，以免觸及到「互相加 LINE」的話題！

因為她封鎖刪除他了啊！

顧緯羿也沒再接話，等著櫃檯打發票給他，莊方郁後退兩步，察覺到自己不該站在這裡啊，結完帳她就該走了，她還得去拜訪客戶的！

「我還有事，先走了。」她說著，轉身往門口走去。

她很想平穩從容地離開，不想把自己弄得跟逃亡似的，可是……她自己覺得真的很像逃難，一般看見多年不見的同學，多聊兩句才自然吧！嗚。

可是她真的不想再看到他！在這種心梗的雨天看見他，她真的怕自己會腦栓塞！慌張地在傘架裡東翻西找，卻發現她那把靛青色的傘不見蹤跡，這麼顯眼的顏色，卻不見所蹤！

她的傘被人順走了？哪個混帳啊，什麼時候不拿，偏偏她急著要走時偷了她的傘。

一隻大手抽起她面前一把沉黑色的自動傘，唰啦一聲打開。

「傘被偷了？」

莊方郁抬起頭，這樣看著他，百分之百確定畢業後顧緯羿至少又長高了十公分以上，而她的人生巔峰就在高二，此後再也沒長過零點一公分。

「……對。」她無奈地說著，現在滂沱大雨，她連要去買個傘都沒辦法，可是她等等要去見客戶，可不能弄得全身濕，手上的禮盒更是重要……怎麼辦？

對！她可以問問店家是不是能借她……

「要我送妳一程嗎？」顧緯羿開了口，但是口吻卻帶著點……令人不快的語氣。

「不需要。」莊方郁幾乎不假思索的回應，轉頭就要往店裡去借傘。

但才轉身，她的手肘即刻就被拉住了！她詫異地看著自己被抓住的手，抬頭才想說些什麼時，顧緯羿卻如同當年般自然地略加施力，就把她扳了半圈轉回來了。

「別鬧了！這家店沒有愛心傘外借的。」他的語氣突然放軟，「妳應該還有事吧？能在這裡耗時間嗎？」

不能，她已經比原訂計畫延遲了！

「謝謝。」最後，她還是虛弱地接受了顧緯羿的好意。

她不是錯覺，她可以感受到顧緯羿全身都是刺，敵意非常的重，在剛剛說別鬧了之前，話語都帶著一股冰冷，她實在應該扭頭就走的，但是、但是她有更重要的事要做啊！

「雨很大，妳得站進來一點！」

她很緊張，顧緯羿的傘是不小，但也沒大到能夠讓她拉開距離，她把禮盒提在兩人中間，就怕淋濕了，自己站在左邊，左肩濕些沒有關係的。

顧緯羿當然沒有如同以前般，硬拉著她到傘下，他們都已經不是高中生了，七年未見，多了難以跨越的隔閡與生疏；莊方郁指引了方向，他們在大雨中艱難前進，一路上兩人無話，直到抵達目的地。

「這裡就可以了！謝謝你。」莊方郁彎身退出傘下，站到了大樓外的雨棚裡。

顧緯羿突然往她逼近一步，莊方郁嚇得退後，只見他一起站進來還收了傘！她皺著眉瞧他莫名其妙的動作，他、他想做什麼？事到如今重啟聯繫是不是也太假了？有心要維持友情，那天為什麼不來！

張口欲言，顧緯羿卻直接走進了辦公大樓。

咦？莊方郁愣在原地，回神後趕緊走入，這棟商辦大樓管制嚴格，一樓除了警衛外，所有人進出都必須經過如同捷運站的閘門。

「那邊。」他就在門邊等她，指著警衛櫃檯。「妳得先去拿臨時通行證。」

「喔……好！」她朝著大理石的櫃檯走去，腦子還有點混亂。「我、我應該要先聯繫窗口。」

「無論如何妳都得先換證件，就算窗口下來接妳也一樣。」顧緯羿朝著警衛微微頷首，「這是訪客。」

「好的，您好，請問拜訪對象是？」警衛直接開口，莊方郁邊找著聯繫窗口。

「誠寶公司，二十七樓。」她點開了對話紀錄，趕緊撥了過去。「喂，蘇小姐，您好，我是莊方郁，我現在在樓下了。」

「喔，您好，要麻煩您在一樓換個證件後上樓喔！」蘇小姐客氣地回應著。

還是得換證件！出發前對方可沒提過這件事，看著牆上時鐘，因為下雨跟遲出餐廳的緣故，她預留的十分鐘眼看著都快到了。

慌亂地找著證件，掛在手腕上的禮盒左搖右況的，此時顧緯羿突然握住她的禮盒提把，穩住了禮袋，她也僅僅停頓一秒，立刻從大包裡找出了皮夾。

「謝謝。」把證件給警衛時，終於有空向顧緯羿道謝。

換得一張通行證後，莊方郁焦急地就往閘門衝，此時卻遇到了大批吃飽回來的上班族，總共三個閘門，卻還得排隊才能進入。

她應該要提早二十分鐘到的！心急如焚的莊方郁看著手機裡的時間，腳尖在地上不停地點著。

「沒事的，遲到一兩分算不上什麼。」顧緯羿壓下了她的右手，「妳這樣每兩秒看一次時間，時間也不會慢下來的。」

她皺著眉看向站在右側的他，「你為什麼還在這裡？謝謝你送我過來，但是我已經……」

顧緯羿突然往前，掏出西裝口袋裡的證件，就這麼嗶一聲——進去了。

莊方郁呆站在原地，他在這棟公司上班？這麼巧嗎？身後的人催她，她回神趕緊用臨時通行證也過了那道閘門，她沒敢多問，而且六部電梯分別停不同樓，顧緯羿還跟她排同一邊！

「妳別老是這麼緊張，深呼吸。」顧緯羿看不下去的低語，「假設遲到定了，妳要做的是冷靜，然後道歉就好了。」

「你說得容易，我是來見客戶的！」她痛苦地閉上眼，她知道顧緯羿說得沒錯，再緊張也無用，但、但是……

「妳剛剛不是有打電話給窗口了？證實妳只是因為上來遲了，不是刻意遲到的，不是嗎？」

咦！對啊！莊方郁想到剛剛在櫃檯前的行為，突然覺得好在她有打！顧緯羿沉穩的聲音讓她平靜許多，這個提示更讓她放心。

「這麼巧，你也在這裡上班。」她終於略微放鬆地開口。

「嗯……」他略微尷尬地低語，「……巧的事可多著呢！」

電梯抵達，他們終於得以進入電梯，一座電梯有三邊按鈕，人人都能選擇自己的樓層，莊方郁要拜訪的客戶正巧位於頂樓，擁擠的電梯讓她緊挨著顧緯羿，雙眼只能盯著他的襯衫看。

好不容易人越走越空，他們終於有了較舒適的空間……嗯。

莊方郁這才發現，電梯裡只剩下四個人，而再兩樓就要到頂樓了，為什麼顧緯羿還沒走？

二十七樓，前頭的兩個人走了出去，莊方郁忍不住看向顧緯羿，走啊，他該走了吧！

直到門關上，她倒抽一口氣。

「別告訴我……你要去二十七樓。」她這話說得有氣無力。

「嗯，這棟樓也沒有二十八樓妳知道嗎？」顧緯羿似笑非笑地說著時，二十七樓到了。

噢天哪！莊方郁在內心裡狂吼，拜託！二十七樓一定有很多間公司，絕對不只誠寶這間，是的！一定是！世界上才不會有這麼巧的事情！

「Eric！」才走出去，女孩子的招呼聲響起，接著看向步出電梯的莊方郁。「……莊小姐嗎？」

「是，是！」莊方郁一秒回到工作狀態，趕緊祭出微笑。「您好，蘇小姐？」

她趕緊拿出名片上前交換，跟著拎起空空如也的右手——咦？她的禮盒！

她倏地往左方看去，顧緯羿手裡還拎著她的禮袋耶！「顧緯羿！」

男人停下腳步，半回身舉起了禮盒。「我先放到會議室去，反正也是給我的。」

給你的？什麼叫給你的？莊方郁瞪直了眼，立即左顧右盼，這二十七樓就一間公司嗎？就一間嗎！

「莊小姐跟 Eric 認識啊？」蘇小姐也很訝異，「居然這麼巧啊！」

「Eric？嗯，你說顧緯羿……」莊方郁看著轉彎消失的背影，心都涼了半截。

「啊，這邊請！會議室已經準備好了。」蘇小姐立刻帶著她往顧緯羿走的方向去，「Eric 正是我們這個計畫的組長，我之前跟您提過了，我們組長因為之前出差不在，所以我們才約今天見面的。」

是、是啊……的確是因為要跟組長對談，才會挑今天前來拜訪的，天哪！但為什麼是他啊！

莊方郁站在會議室門口，桌上擺著她帶來的禮盒，人生如戲，這種起伏變化真的遲早會令人心臟病發。但這是工作，她必須冷靜且專業，把他們過去的事擱在一邊。

都七年了，誰會記得那種小事對吧？

「喏。」高大的身軀經過她身邊時，遞來一條毛巾。

她看著毛巾幾秒，還是接過，輕聲道了謝。

她其實沒什麼濕啊，就只有雙腳濕透罷了！不礙事。坐下來將腳上的水壓乾，褲子的部分就沒辦法了，腳濕總比身體濕透好，幸好頭或是肩膀都沒有淋到。

顧緯羿拿著遙控器調整空調，舉高手測試風向與風勢，他比高中時健壯太多，已經是男人的姿態了……看著他測風向的右手，那淺藍色的襯衫肩頭，竟帶著一片濕濡。

咦？他淋濕了嗎？莊方郁下意識看著自己的左肩，傘面不大，她怎麼可能完全沒濕，難道他把傘傾向她這邊了？

「顧……」

「這樣不會太冷吧？」他回頭，從容放下遙控器，緊接著蘇小姐及其他組員魚貫進入，打斷了莊方郁想說的話。

入內的人紛紛朝她打招呼，莊方郁起身一一回禮，顧緯羿將桌上的禮盒拿起，朝著同仁們展示。「這是莊小姐帶給我們的，等等大家當下午茶。」

「哇！謝謝！」

「這麼客氣！」

眾人你一言我一語的，蘇小姐最後走進，為她上了杯茶。

玫瑰花的香氣直襲而來，她看著粉色的液體失了神，別告訴她，這間公司的茶水間必備這種真花的玫瑰花立體茶包……這是她最愛的茶啊！

「那，我們開始吧！」站在桌子另一頭的顧緯羿站著望向她，「您好，莊小姐，我是Eric，這個專案的負責人。」

莊方郁望著他，下意識地挺直腰桿，也回以專業笑容。

「您好，我是莊方郁，代表銀羽公司。」

※　※　※

「我是顧緯羿，四班的畢製代表！」男孩伸出手，正經八百地讓所有人都愣住。

「噗哈哈哈！什麼鬼啊！」

「超白爛的，你是老人家嗎？他要我們握手耶哈哈哈！」

一教室的人開始哄笑，覺得他那樣太古板，是哪穿越來的老伯伯嗎？還握手咧，太蠢了！

她皺眉看著大家的嘲笑，最終挺直腰桿，伸直手，握住了男孩尷尬想收回的手。

「您好，我是莊方郁，三班的畢製代表。」

手機螢幕裡有張久遠的照片，一群學生穿著制服在教室裡的合照，那是畢製代表第一次見面時，老師為他們拍下的紀念照！

感覺像是昨天的事情……對，感覺太熟悉了，上週那場會面相談甚歡，他們對於事情的處理方式都有著她不得不承認的默契，他們明明都長大了，但是卻好似有許多事並沒有變。

雙方確定合作，今天走合約流程，而且未來的合作也是由她負責跟進，所以她跟顧緯羿勢必會有無法避免的聯繫，工作為先，所以她在會議結束後，提出了建立群組的事。

顧緯羿欣然同意，讓蘇小姐負責將大家拉進群，接著她再負責自己公司這邊的人員，她看起來若無其事，因為她偷偷利用點時間，默默地解除了封鎖。

隔著長桌，對面的顧緯羿拿著手機端詳許久，接著意有所指地瞥了她一眼。「現在看得見我嗎？」

可惡！他知道！他知道她封鎖他了！

裝死到底是她的計畫，如果他們真的都成長了，就不會為七年前的事介意，甚至耿耿於懷！

是吧！是吧！啊啊，結果輾轉難眠的人為什麼是她？

「欸，大消息！」許千琳一進餐廳就迫不及待的衝過來，「妳猜誰回國了？」

「……」莊方郁抬起頭望著她，她一點都不想回答這個問題。「妳消息太慢了……」

「什麼？妳知道了？不會吧！妳跟胡士達有聯繫？」她一屁股坐下，瞠目結舌的。

莊方郁這才一怔，「誰？胡士達？」

「對啊！不然妳在說誰？」許千琳蹙起眉，立刻化身名偵探般的打量起她。「還有誰回來是我不知道的？」

「沒有！沒事！」莊方郁尷尬的四兩撥千斤，要是讓許千琳知道顧緯羿的事那就不得了了！

當年許千琳就是那種吃瓜前線、八卦主、嗑CP第一名的傢伙，她一直希望他們在一起，才會拚了命地鼓吹她告白！但是那個雨天她沒等到回應後，就鄭重告訴許千琳：此生不要再提起顧緯羿三個字，而且如果是朋友，也不要去問他。

許千琳雖然看起來熱情莽撞，但界線分明，此後她真的沒有問過關於七年前的事，甚至也沒有打擾顧緯羿，最誇張的是畢業後第一次見面時，她輕描淡寫地說：我也封鎖顧緯羿了。

因為好朋友不要的，她也不能做朋友。

噢，多麼仗義的好姊妹啊！這讓莊方郁怎麼可能捨得下這麼棒的閨密！

「胡士達一回來就問妳了喔！」許千琳彎起的眼讓莊方郁心中的警鐘噹噹噹，「問妳現在在哪裡？在做什麼，有沒有男朋友……」

「妳不會告訴他了吧？」莊方郁緊張地握住她的手，「許千琳，我不想談戀愛，我跟妳說過很多次了……」

「為什麼？妳整整大學四年都沒談戀愛，畢業幾年了也都一個人，妳不能因為那個姓顧的傢伙就誤一生啊！」

「說什麼東西啊？跟顧緯羿有什麼關係？」莊方郁不高興地甩開了她的手，「我只是不喜歡把時間花在戀愛上，我大學有交往過一兩個，不能時間短就不算！」

「最好，明明就跟顧緯羿有關，你們七年前究竟發生了什麼事？」許千琳翻了個白眼，「妳不讓我問我就不問，但我又不是傻子，你們後來沒聯繫也沒在一起，此後妳變成戀愛絕緣體！」

「但我高分畢業拿獎學金現在升職加薪，這就是不需要戀愛的成果。」莊方郁深呼吸一口氣，「妳不要跟我五四三，就算我要談戀愛，我也不會選擇胡士達。」

「為什麼？你們都幾年不見了，人會改變啊，妳至少要給個機會。」許千琳邊說，一邊嬌媚地往門邊落地窗看去。「我跟他約七點半。」

「許千琳！」莊方郁只差沒跳起來了。

胡士達是七班的畢製代表，當時應該全世界都知他喜歡莊方郁，但是她不喜歡他啊！因為他是那種過分開朗的傢伙，很陽光很帥氣很男子漢，但另一面就是非常霸道而且帶著大男人主義。

或許有些女生喜歡那種被寵著、被保護的安全感，但那並不是她喜歡的。她是個獨立好強而且有能力的女人，不需要霸總，在學校時她就不適應胡士達的強勢，所以才會選擇跟顧緯羿一組的啊！

「老同學久違見面吃個飯啊！」許千琳一臉理所當然，「都畢業多久了，妳不要想太多，放輕鬆！」

「我……」莊方郁簡直咬牙切齒，「我封鎖他了！」

「欸？妳、妳沒跟我說啊！我以為妳只封鎖顧——」許千琳終於緊張起來，「妳幹麼封鎖他啊，這多尷尬，難怪他說妳都不回他訊息！現在怎麼辦？要不妳快走？」

「走個頭！」莊方郁咬著牙邊說，眼神邊往外瞟，她已經看到胡士達了！

胡士達也是長高長壯，已經完全是男人的感覺，雖然五官沒什麼變化，氣質倒是跟過去不同，的確多了海外回來的味道；莊方郁擱在腿上的雙拳緊握：平常心，顧緯羿她都見過了，沒道理應付不了胡士達，對吧？

煩死了！他們不一樣啊！

「Wow！Wow Wow Wow！」胡士達誇張的一連幾個Wow，絲毫不遮掩地盯著莊方郁瞧。「妳變得也太漂亮了吧！莊方郁！」

「好久不見。」莊方郁卻平淡地回應著。

他們坐的是四人桌，許千琳趕緊空出隔壁的位子，將包包拿起好讓他坐；結果胡士達卻直接繞進桌裡，直接坐到了莊方郁身邊！

許千琳瞪圓雙眼，措手不及。

「這裡有人坐了。」下意識的，莊方郁脫口而出，她不想他坐在旁邊！

「咦？誰？」胡士達勾起壞笑，看向許千琳。「妳還約了誰啊？」

「呃，我……」許千琳強裝鎮定，這突如其來的狀況她接不住啊。

「我約的，千琳不知道！你去坐千琳旁邊，我跟他說好要留位子在我身邊的。」莊方郁不想碰觸他，而是堅定的指向了許千琳旁的空位。

「不要。」胡士達倒也乾脆，「我先來的，我想坐妳旁邊。」

他們吃的是排餐，莊方郁低垂的眼眸盯著桌上的刀叉，她想著是該握刀還是該拿水，直接澆下去叫這傢伙清醒一點。

「胡士達，別鬧，過來。」許千琳吆喝著，「小郁已經排好位子了，你不要……」

「誰？」胡士達挑了眉，彷彿看穿她們似的。「許千琳說今晚只有妳們兩個相約，所以我的出現會是個驚喜，哪來的另一個人——還是，妳不想我坐這裡？」

他目光灼灼地看著莊方郁，一樣是那麼的具有侵略性。莊方郁迎視著他的眼神，七年前她不該怕，七年後她更不會怕，

「顧緯羿。」莊方郁說出了令人驚奇的名字，「他也是我帶給千琳的驚

喜。」

「顧——」對面的許千琳沒控制住，直接尖叫出聲！這又是怎麼回事，小郁封鎖他這麼久了！

胡士達的臉色果然沉了下來，皺起眉有點不可思議的看向許千琳的反應，看起來的確是個驚喜，因為許千琳明顯不知道。

「我以為你們斷交了。」胡士達狐疑地說著，看來他知道他們沒聯繫的事。

莊方郁深吸了一口氣，克制住自己顫抖的手，撥了手機給顧緯羿……手機螢幕那端真的顯示「顧緯羿」的名字，胡士達跟許千琳都在盯著，她不能造假打給爸爸，或是任何一個……她腦子裡其實想不到別人了。

她就只想到顧緯羿。

「喂？」

「喂，你……你到哪裡了？胡士達都已經到了，你是塞車嗎？」莊方郁啞著聲說，心臟都要跳出來了。「對啊，是小城餐廳，你是是不跑錯間了？」

配合她演一下戲吧，不管他說什麼，她都能接住的。

以前就是如此，他們有著不言而喻的默契，彼此一個眼神一個動作，對方都能知道下一步，不管面對同學或是老師，總是能這樣見招拆招！她只能祈禱，他還能猜出她在做什麼！

隨便給個藉口，她剛都做過暗示了，所以他應該會說找不到或是走錯，然後她就能理所當然的出去接他，直接逃離現場！

「快到了。」

「喔，你——」她原本要接的話梗住了，「快、快到了嗎？」

「嗯，等一下。」沒什麼起伏的話說完，電話直接掛斷。

莊方郁捂著手機腦子一片混亂，這不是她要的接招！顧緯羿為什麼不說他搞錯店了、不知道人在哪裡！

「妳什麼時候跟他聯繫上的啊？這麼保密！」對面的許千琳開始發難了，「對啊，我聽說你們斷交了，完全沒聯絡不是嗎？」胡士達依舊賴在她身邊不走，「而且好像也沒他的消息。」

「還真的超驚喜耶，我以為你們兩個……呃……」

許千琳正抓著她的手，暗示明示的捂著，一臉吃瓜相。

「偶然遇到的，他剛好跟我有業務往來……我不是故意不跟妳說，就、就驚喜嘛！」後面幾個字，她真的是咬著後牙槽說的。「他等等就到，要不我們先點餐？」

莊方郁用指節敲敲桌子，指了指對面，再度要胡士達過去。胡士達滿臉不悅，但還是勉強起身坐到許千琳身邊，校內沒人知道他們絕交的原因，但在校期間，全天下都知道他們兩個多要好。

看著菜單上的文字，莊方郁真的沒有心思點菜，她只想離開這間餐廳，顧緯羿是故意壞她的計畫嗎？幸好還有千琳在，她正快樂地分享這幾年的事，也好奇問著胡士達這些年的經歷，胡士達是真的才剛回國，最近都在聯繫過去的同學，然後也聯繫了畢製小組。

「莊方郁跟我們想的一樣，優秀到底。」胡士達從不吝於稱讚，但莊方郁只覺得他的讚美過分刻意。「我一問大家都知道妳在哪裡上班，而且好像是畢製小組內最快升到主管的。」

「只是巧合，我們剛畢業沒多久也不可能當什麼主管，就一個案子的負責人而已。」她謙虛地說，真的沒大家說得這麼厲害。

莊方郁低首啃著麵包，胡士達的眼神始終黏在她身上，赤裸裸地毫不避諱。

「喂，你要不要這麼誇張？我長得也不錯吧，你再這樣盯著莊方郁看，我就打電話報警了！」終於連許千琳都受不了了。

「啊？我喜歡她啊！」胡士達說得理所當然，「我高中時就喜歡了，這麼多年不見，她現在變得更更美了，完全是我喜歡的類型。」

「七年耶，大家都需要點時間好嗎？你們七年都沒聯繫，又不熟悉彼此！」許千琳一反常態的嚴肅，「你現在只讓我覺得像個飢渴的性騷擾者。」

噢，胡士達不太高興的挑了眉，瞪著她問：「我？」

「正是。」許千琳也沒客氣，「吃你的飯，自然一點，我們都要彼此重新認識的。」

胡士達重重嘆了口氣，眼神又看向了莊方郁。「我是很想知道莊方郁的一切，但是她封鎖我了！」

「胡士達。」莊方郁打斷他的話，渾身不自在。「當年的事……」

「我可以跟妳道歉的，如果那時我讓妳不愉快——」他說著又起身，直接撐著桌子要挪到莊方郁身邊了。

逃！莊方郁全身上下的細胞都在吶喊，她要立刻離開這個位子。

啪，一個人影迅速的出現在胡士達身後，大手壓著他的肩膀，直接把他往位子上壓回去。

「胡士達？居然真的是你！我還以為我看錯了！」顧緯羿一邊說著，一邊自然的落座。

就坐到莊方郁的左手邊。

對面兩個人目瞪口呆的看著真的出現的人，連最聒噪的許千琳都說不出話來，胡士達則是在驚訝中參雜了不悅。

「抱歉，因為工作遲了。」顧緯羿看向莊方郁時，笑得也有點僵硬。

她搖著頭，連沒關係都說不出來，他居然真的來了？還帶著公事包！他在加班嗎？這間餐廳小有名氣，離他公司僅有兩站的距離，時間上是差不多的。

「我的天哪，真的是你！」許千琳終於能說話了，「先點吃的，我就叫小郁先問你要吃什麼，她偏說你不喜歡吃冷掉的，來了再點。」

「呵……對！我喜歡現做的東西，小郁一向很了解我。」顧緯羿舉手叫了服務生，輕鬆地進行點餐。

他叫她小郁。莊方郁內心有著難以隱藏的悸動，這是以前他們彼此的暱稱，不過重逢之後，在公司都是莊小姐，私底下也是連名帶姓，他們不僅是生疏，其實中間都隔著帶刺的牆。

她不爽他，但顧緯羿對她的態度也不好，兩個人都悶著一股氣，只是不說破罷了。

每次開完會，她都一肚子火，他有什麼資格生氣啊？空等一下午的是她，淋雨一下午的是她，她都不知道他是在擺什麼高姿態！

結果最沒用的是自己，遇到這種棘手的情況，她居然只想到打給他。

顧緯羿對面的胡士達臉色並不好看，許千琳則是一直處於震驚狀態，從他什麼時候回國、到他們怎麼聯繫上的一切通通都問，問到直接把胡士達當成隱形人了。

「都不說耶妳！」許千琳軟軟地抱怨著，「欸，顧緯羿，我先說喔，我當年封鎖你完全是因為——哎！」

莊方郁在桌下踢了她一腳，哪壺不開提哪壺啊！

「沒事，我也封鎖她了。」顧緯羿倒是自然，但這幾個字的聲音明顯低了幾度。「如果不是剛好業務有往來，說不定永遠都不會見面。」

胡士達冷哼了一聲，「怎麼這麼巧？台北這麼多家公司就剛好你們有往來，該不會是你先查了她工作的地點，刻意促成合作的吧？」

莊方郁有點惱火地想要說什麼，但顧緯羿桌下的手卻突然壓住了她，他默默瞥了她一眼，她怒火中燒，緊握的粉拳還微微顫抖。

「基本上我想聯繫小郁是很容易的事，倒不必這麼大費周章。」顧緯羿故作輕鬆地問著，「你呢？我聽許千琳說你剛回國就急著見小郁，這幾年原來大家都失聯了啊！」

胡士達顯得有點尷尬，閃避著眼神。「就……莊方郁很不好聯繫。」

「因為我封鎖你了。」莊方郁加重語氣地說著，完全不想留面子給他。

只見他嘖了一聲，擱下刀叉，還顯露出一丁點兒的不耐煩。「妳真的因為當初那一點小事？至於嗎？我剛就說要跟妳道歉了！」

莊方郁繃著下顎，痛苦地做了個深呼吸，握著刀叉的手指都用力到泛白，正眼都不願瞧胡士達一眼，她的記憶回到七年前的巷子裡，又是一陣反胃湧上。

匡啷的擱下餐具，她說了聲洗手間，簡直是逃開的。

「方郁？」連許千琳都看出不對勁了，一伸手就往胡士達身上招呼。「什麼小事？這反應會是小事嗎？你騙鬼啊！」

「真的是小事……她不想說就不說，這我跟她之間的事，所以我道歉了啊！」胡士達憂心的回頭看著洗手間的方向，就想要起身。「我去——」

「我去就好。」顧緯羿冷硬地打斷了胡士達的意圖。

他已經穿上大衣，提過自己的公事包，將莊方郁擱在桌上的手機收好，拎起她的物品，直接站起身。

「呃……哈囉？」許千琳都呆住了，這頓飯也太難消化了。

「晚點轉錢給妳，我負責送她回去，放心，我知道她現在住哪兒的。」他接著彎下身子，壓低了聲音。「她今天不舒服。」

許千琳先是一怔，接著恍然大悟。「喔～哦哦哦！懂！我懂！」

天哪，他們兩個豈止重逢這麼簡單？許千琳雙眼彎彎，看上去吃了個大瓜嘍！

「妳懂什麼啊？」胡士達滿腹不悅，這哪門子的暗語跟語調？

但顧緯羿已經走了出去，就站在門邊等待，胡士達幾度要起來，都被許千琳制止，並且不客氣地追問當年到底發生過什麼事？

洗手間裡的莊方郁止不住的反胃，但是吐不出來，她用手背搓了搓臉頰，又打了個寒顫，渾身不住的起雞皮疙瘩。

人真的很奇怪，越不好的事情，記憶卻越為深刻，深刻到她現在想起都會噁心，而美好的記憶再好，卻蓋不過那份陰暗。

「不行，這頓飯我是吃不下去了。」她對著鏡子裡的自己喃喃說著，「就說身體不舒服，立刻離開……好！」

那萬一胡士達追出來怎麼辦？她不想把場面鬧得太難看，週末的餐廳都是人，也不想打擾其他人用餐的氣氛……逕自嘆了口氣，她能想到的還是顧緯羿，希望他能幫她擋下胡士達。

「真沒用啊妳。」

莊方郁低咒著，嫌棄自己的沒用，看起來獨立堅強，但關鍵時刻，哪一次不是顧緯羿出面幫她的？他們總能一唱一和的把事情解決，糊弄老師，但有他在，她就什麼都不怕。

離開洗手間，才一抬頭，就看見高大的男子站在門邊，敞開她的外套。

過來。他溫柔的眼神彷彿在說著，莊方郁就這麼朝他走了過去，一眼都沒往左邊用餐的桌子瞧。

「知道妳不舒服，我先送妳回家。」他體貼地為她穿上大衣，再為她拉開店門。

尚在遲疑，大掌輕輕推了她的後背，一下就把她推了出門，同時顧緯羿回首，朝著向他們揮手的許千琳道別。

「妳等出去再跟許千琳他們說再見。」顧緯羿低聲說著，餐廳都是落地玻璃窗，所以莊方郁出店後再道別，他們是看得見的。

只有許千琳開心地揮手，一旁的胡士達則冷著一張臉。

空氣潮濕依舊，但幸運的雨停了，顧緯羿今天的確是去公司加班，這裡又離公司近，他才來得及過來；他們誰也沒主動說要回家，也沒分開，就這麼一路的往附近的森林公園去。

說話啊，莊方郁！他今天是真的幫了你！

「那個……不好意思我突然打給你。」走在小徑上時，莊方郁終於出了聲。

「謝謝你過來了。」

「我剛好在加班，我聽得出妳聲音不太對。」還有那莫名其妙的話。

「謝謝。」她再道了一次謝。

迎面走來一群人，熱鬧非凡，看上去是一家子，有說有笑的，男孩拿著雷射球蹦蹦跳跳，小女孩拉著母親的手搖了又搖，嚷著「再轉再轉！」

「轉！轉！」母親笑著，從勾著的袋子裡拿出了一個芭蕾舞娃娃的音樂盒。

喀啦喀啦，媽媽轉著音樂盒底下的發條，上頭的芭蕾舞娃娃便開始轉了起來，天鵝湖的清脆聲音跟著響起，莊方郁看著那音樂盒，突然又怒從中來。

她加快腳步往前走去，聽見音樂盒的清脆音樂聲，她就會想到她送出去的那個畢業禮物卻被無視了，她為什麼現在又跟這個始作俑者走在一起！

她一路往公園深處疾走而去，這兒有一片湖，十二月的冬日，又是雨後，冷得幾乎沒有人。

「喂，妳是在氣什麼？我不知道妳跟胡士達發生什麼事，但我不想介入你們之間的事……僅此一次，下不為例。」一旁的顧緯羿用著不耐煩的語氣說著，滿滿的抱怨意味。

「我們之間什麼事？」她戛然止步，轉過了身。「我跟他之間什麼都沒有，我看到他只覺得噁心！」

「妳覺得噁心？妳不是為了跟他在一起才不理我嗎？」顧緯羿情緒突然起來，語氣激動了些。

莊方郁愣在了原地，「你在說什麼？我跟他在一起？我什麼時候跟他在一起！」

「我看見你們兩個摟在一起的！親眼看見的！」顧緯羿逼近了她，儘管壓低了聲音，但每個字都在顫抖。「誰當初親口跟我說，妳根本對胡士達沒意思，結果我卻看見你們摟在一起！」

短短幾個字跟炸彈一樣，在莊方郁腦子裡炸開了。

「我不喜歡他！以前不喜歡現在也不喜歡——你什麼時候看見我們摟在一起？」

「少裝傻！我只相信我的眼睛。」顧緯羿深吸了一口氣，轉身離開。「除了公事上，以後不要再私下聯絡了。」

看著前方離去的背影，莊方郁只覺得怒從中來，她跟胡士達只有一次親暱的舉動，就是那噁心的記憶，讓她立刻封鎖了他——那天顧緯羿在場？

她衝上去揪住了他的衣服，「你在？你那天在？你在為什麼不來——」

「妳幹什麼……莊方郁！我多希望我沒看到，那讓在冰店等妳一下午的我跟白痴一樣！」顧緯羿旋身便甩開她的手，壓制著怒氣低吼。「妳不來我尊重，就當我自作多情，但妳跟他的事我不想知道！」

「誰白痴？那在你家樓下的公園等你一下午的我怎麼說？」莊方郁握緊雙拳，試圖冷靜。「你還不是也沒有來！」

最後，後面幾個字還是吼出來了。

在這公園一角的寂靜湖邊，倒映著兩個莫名忿怒的身影，他們相互看著彼此，怒火在眼裡燃燒著，原來他們誰都沒有跨過七年前的那天。

對視的時間很短，但對他們而言極為漫長，兩個人都激動得胸膛起伏，不過誰都不是傻子，他們都已經長大，再也不是當年的孩子了。

「妳在我家樓下的公園？什麼時候的事？」顧緯羿當然聽出了端倪，盡可能平靜地問。

莊方郁喉頭緊窒，亦調整了氣息。「畢業那天下午……那冰店又是什麼時候？」

即使是黑夜中，也能聽見顧緯羿用力倒抽一口氣的聲音。「畢業那天。」

又是一陣靜默，但他們誰也沒移開過眼神，直直地望進彼此的眼眸深處，幾度張口欲言，竟都不知要從哪邊說起。

「我……」「你……」

總是同步開口、又同步想讓對方先講，最後都消散在名為混亂的靜謐裡。

唉，顧緯羿終於一陣長嘆，輕輕撥動了她的手臂往前，那是他要她跟著走的習慣動作，湖邊有座位區，雖然很冷，但他們正好需要冷靜。莊方郁跟著邁開步伐，釐清他們剛剛的雞同鴨講。

他在冰店等了她一個下午？自作多情？

咚！飲料掉落販賣機時的巨響，讓莊方郁的心跟著咯噔一聲。

「都冷靜點。」顧緯羿在她手裡塞了檸檬茶，「還喝嗎？」

高中時，她每天都要喝一瓶的，莊方郁望著手裡過度冰涼的飲料，勉強一笑，誠實地搖了搖頭。

「不喝甜的很久了，但——偶爾喝沒關係的。」她舒了口氣，「謝謝。」

扭開瓶蓋，久違的檸檬紅茶滑入喉中，酸酸甜甜的，很像逝去的青春。

顧緯羿也喝了一大口可樂，他以前一天要喝兩瓶的，除了可樂外啥都不愛。「我也改掉了，幾乎只喝水，但……」

偶爾喝喝，還是很好喝的。

沉默再度瀰漫開，莊方郁盯著手裡的寶特瓶，不能再這麼耗下去。

「我為什麼要去冰店？」她轉向他，「你沒約我。」

「我約了，畢業禮物裡擱了卡片，寫了約定的時間跟地點，不見不散。」他回答得誠摯，「那我為什麼該到公園？妳也沒約我。」

「……我約了，畢業卡片裡我也寫了約定時間跟地點，不見、不散。」她難受地嚥了口口水，「你送我什麼？你根本沒送我畢業禮物啊。」

「莊方郁，我送了你那麼一大盒花茶杯組，卡片就在裡面啊！」顧緯羿瞪圓了雙眼，「我親、手擺在妳桌上的！」

莊方郁努力地去回憶畢業那天，她滿桌滿地滿走道的禮物，她被許千琳叫回來後位子都被禮物淹沒，她沒有時間去一個個檢查，但是最後她全部都有帶回家，就是沒有顧緯羿的禮物啊！

什麼花茶杯組？她根本沒印象！

「那我送你的音樂盒呢？我把卡片放在外盒裡，只要拿出音樂盒就會知道的，還是你最喜歡的曲子！」她握著拳反問。

然後換顧緯羿傻了，「……我……哪個音樂盒？」

噢，看來送音樂盒的不只她啊，莊方郁冷哼一聲，別過了頭。

「別鬧，現在不是不爽的時候，的確不止一個音樂盒，我每個都開過了，確定沒有妳的！」

「像比較大的提燈，裡頭是斜角巷，音樂是哈利波特！」她拉高語調，忍不住又不爽了。

顧緯羿搖著頭，畢業那天他還拿了班上的垃圾袋裝禮物，他總共收到四個音樂盒，但沒有一個是莊方郁說的斜角巷！

「我最喜歡哈利波特，我不可能會搞錯！我根本沒拿到，妳什麼時候放的？」他擰起眉追問。

「我……我沒來得及當面給你，那時老師不是叫我們回班上，要開最後的班會嗎？」那份記憶她這輩子都忘不了，因為那是她七年來覺得最後悔的事。

「然後我把禮物傳給千琳，她幫我拿去你們班要遞給你的……」

「該死！」顧緯羿站了起來，高舉起雙手抱了頭。「我沒收到！莊方郁！我沒收到那份禮物！開班會後我什麼都沒拿到！」

莊方郁掐緊了手中的檸檬紅茶瓶，口乾舌燥地又灌了好幾口，她的音樂盒呢？那可是她上網找了好久，好不容易才買到特殊造型音樂盒啊！

蓋上瓶蓋時，她竟有點虛脫感。「你的禮物我也沒拿到……我所有禮物都帶回家了，但是沒有人送我花茶杯組，那很貴的！」

「天藍色的包裝紙，深藍色的緞帶，我特地挑的，妳最喜歡藍色！」顧緯羿比劃起來，「二十公分見方？」

莊方郁搖了頭，再搖了搖頭，沒有！不是……她不記得什麼包裝紙的顏色了，但是就是沒收到！

這中間究竟出了什麼差錯！

顧緯羿踢著無辜的地上小石，又低咒了好幾聲，折返回來把椅上的可樂一口氣灌乾，氣忿地走到兩公尺外的垃圾桶扔棄後，又站在那邊來回踱步了好久。

莊方郁覺得心裡被梗住般的難受，他們兩個互送的禮物誰都沒拿到？然後彼此在同一個時間，不同地點等了對方一下午？那個冰店也是他們倆最愛去的店之一，當年有時還會開玩笑地說，萬一長大找不到工作，就開一間這樣的冰店……顧緯羿還說他要入股，名字就叫「郁羿冰店」呢！

所以，他找她出去是為了什麼？突然思索到這一層的莊方郁，心跳直接加速。

他剛剛說了，自作多情……他……

「我要找到那個音樂盒。」低沉的聲音在她面前響起，帶著一絲惱怒。

莊方郁抬頭，「我不知道去哪邊找你送我的禮物。」

「我要一個個找到當年的同學，但妳得先問問許千琳，當初她把禮物轉給誰。」顧緯羿的雙眼在夜裡熠熠有光，堅定無比。

他一直是那樣的人，想要什麼就會去做，堅定目標後，不輕易改變。

莊方郁點點頭，她這邊就有困難了，事隔七年，畢業典禮當天如此混亂，誰會記得她桌上曾有什麼？就算有人真的拿錯了，只怕也不會承認了吧。

男人重新坐了回來，這一次，他的手臂輕輕碰到了她的。

「妳那天在我家樓下淋了一下午的雨嗎？」

莊方郁一個激靈，握緊了寶特瓶，他果然也沒忘記那天的大雨。「我有帶傘啦，只是雨太大了……」

「妳應該打給我的！傳訊息給我也好，為什麼——」他皺起眉看向她，眉宇之間帶著不悅、心疼，還有莫名其妙的浮躁。

莊方郁只迎視了幾秒便閃躲開來，因為他的眼神有點燙人。

「你還不是沒打給我？就在冰店等了一下午。」這不是反將一軍，這是顧左右而言他。

因為他們都怕，接下來的問題是——那你要跟我說什麼？

是啊，顧緯羿抿了抿唇，那天他在冰店從期望到失落，再到不爽，怎麼可能傳訊息給莊方郁？他氣都氣飽了，原本以為他們相處得很好，誰知道對方連理都不理他。

然後，隔天就看見了她跟胡士達……

「我不爽，我空等了一下午，心裡頭很不是滋味，結果隔天去補習班的路上，我看見胡士達跟妳……我就知道為什麼了。」

提起胡士達，又勾起莊方郁的反感。

「你看見了為什麼不來救我？」她驀地起身。

「救妳？」顧緯羿只覺得這用詞太過奇怪，「莊方郁，我看到一對情侶在接吻，我過去做什麼？自討沒趣嗎？妳別忘了我前一天才被妳晾在冰店裡……當然我現在知道是無意的，但當年的我能怎麼想？」

「誰跟他接吻！那是他硬抱上來的，我根本反應不及就說喜歡我，然後就想強吻我——」莊方郁說到這裡，下顎竟不住的顫抖，七年前的回憶，瞬間就湧上了。

※　※　※

那是她「告白」失敗的隔天，淋雨事小，心死事大，可是隔天有才藝補習所以還是得出門，她正在體會人生首次的失魂落魄，結果胡士達卻堵在半路，他知道她有在學舞，便在她必經之地等待。

「你怎麼在這兒？」因為失魂，所以她沒有什麼反應。

「特地來等妳的，畢業後不能再看見妳，昨天應該找機會好好跟妳說的。」

他直接拉住了她，就往牆邊壓。

「說什麼？快點吧，我上課要遲到了。」她心不在焉地說著。

「我喜歡妳啊，莊方郁！妳別裝傻，我這一年來表達得很清楚，妳漂亮、聰明又有才華，是值得交往的對象。」胡士達大手直接撫上了她的臉頰，「跟我在一起吧。」

當他觸及她臉頰的瞬間，莊方郁突然魂魄歸位，她驚恐地抵著他，試圖打掉貼在她臉頰上的大手。

「不要鬧喔，胡士達，我們就只是同學！我對你沒那種感覺的……放開啦！」她還試圖用開玩笑的方式緩解，但才打掉的手，卻立刻變成雙手捧著她的臉了。

她被箝住了！

「我沒鬧，我喜歡妳。」胡士達用再認真不過的眼神凝視著她，「我覺得妳對我也該有好感的，妳一直對我很好，我們相處也很愉快……」

「你誤會了！我跟誰相處都很愉快……走開！胡士達——」她死命地推著，但是胡士達紋風不動，男孩的力量竟然如此之大，她完全都動不了！

然後，他扣著她的後頸，就吻了下去。

莊方郁嚇得別過了頭，因此他只吻上了她的臉頰，幸好牆邊那戶人家有人剛好出來，胡士達尷尬地分神鬆手，她使勁地將他推開，沒命地跑回家。

因此她中斷了學舞，再不敢去那間舞蹈教室，封鎖了胡士達、接著封鎖了顧緯羿，專心待在家裡「失戀」。

※　※　※

不必多敏感，莊方郁都可以看見顧緯羿眼底燃起的怒火，他緊緊皺眉，飽拳握到泛白，如果胡士達現在在現場，他可能會一拳揮下去。

「過去了，都過去了。」結果變成她出聲安撫，「他沒真的吻上，就只是臉頰而已。」

「我要是知道你們是——該死！」他再一次跳起來，又踢著碎石出氣。「我應該衝過去揍他的！」

「你不知道！」她不停拍著他的背，「你說了，在你的立場前一天我爽約，對你不理不睬，又看到……那個樣子，應該是覺得我跟他在一起了吧。」

哎呀，她怎麼突然理解起來了？

「馬的，我不知道他這麼混帳……然後妳還敢跟他吃飯？」矛頭一秒改對準了她。

「都是千琳突然叫他來的，我這七年完全沒聯繫，我根本不想看到他，不然……」她有氣無力，「你以為我為什麼打給你？」

顧緯羿自責般的反握住拉著他衣袖的手，突然就把她摟進懷裡。

咦？莊方郁整個人僵住，但已經被緊緊圈住。

「對不起，真的對不起……」顧緯羿用力地抱著她，「對不起那天沒過去幫妳，對不起剛剛對妳發脾氣，對不起……」

莊方郁沒有掙扎，意外地她並不討厭，她沒有想過顧緯羿的胸膛如此寬闊，能完全的包裹住她；她感受到無比的溫暖與信任感，就像高三那年，與他在一起的每時每刻。

「是我不對，你什麼都不知道，我不該對你出氣的。」她依在他肩頭說著，「我很抱歉，那天讓你等了一下午；我很抱歉，封鎖了你七年，我很抱歉，我——」

「噓！」顧緯羿抓著她的肩往後，「我也封鎖妳了，很公平。」

莊方郁看著他，失聲而笑。「我們兩個啊……明明一通電話就能解決的事……」

為什麼兩個人都這麼倔？

顧緯羿也笑了起來，若不是性格相近，他們當時也不可能那麼要好吧？他們的好強多半是執著於事務上，但好強的彼此才會激發出更好的火花。

「這可能就是人生吧！」顧緯羿苦笑著，「就這麼錯過了七年。」

莊方郁深吸了一口氣，鼻子的酸楚突然湧上，七年啊，哪能這麼輕描淡寫的過去？她那未宣之於口的戀情、那憋屈心梗的午後，其實都是沒有完整句點的青春。

她別開了視線，不想在顧緯羿面前示弱，晶瑩的淚水還是逃不過顧緯羿的眼睛，但他知道她的性格，選擇不說破。

「冤死的也得找到原因，我……花很久才找到的音樂盒，我也想知道它在哪裡。」莊方郁努力忍著，但聲音依舊嗚咽。

「我那個還是訂製的，盤子底下寫有妳的名字，珍貴的咧！」

莊方郁緩步地往前走，顧緯羿跟在她身邊，兩人都沒說話的繞著湖邊閒步，像是在平復情緒，或是在想著這錯失的七年。

終於，他們停下了腳步，幾乎是同時的相互看了眼：

「我打給許千琳。」「我來發文！」

※　※　※

嚴肅的會議室中，除了滑鼠與鍵盤的聲音外，只聽得見名為「加班」的呼吸聲，一整組人員聚精會神地看著電腦，修改方案，所有人都專注非常。

路過的同事連聲再見都不敢說，總覺得那會議室裡的氛圍緊繃到一推門就會碎裂。

「第九版，過去了。」莊方郁按下傳送。

右手邊的男人瞥了眼，即刻點開自己的訊息，以莊方郁為首的三個成員稍微鬆了口氣，她轉頭小聲交代他們去點飲料，慰勞一下大家。

「我都點好了，妳不用點了。」顧緯羿連看她都沒看她一眼的說著，下一句則是對著自己組員。「小蘇，看一下第九版。」

「在看了。」

唉！莊方郁伸了個懶腰，真是累死她了，好好的方案改版就算了，現在最卡的居然是網頁跟贊助商海報，誰的公司要大、誰的要顯眼，排版要怎麼喬，通通都是問題。

印刷迫在眉睫，他們整組跑到顧緯羿的公司加班好幾次了，今天該是最後一夜了！現在換顧緯羿那邊忙碌，她跟組員稍微喘息一下，希望這是最後一版，別再進入第十版了。

「Eric，送出去了，等對方回應，他們主管要一小時後才回來。」

「好……」顧緯羿抓了抓頭，「大家先休息吧！吃飯！便當來了嗎？」

蘇小姐立刻起身，「我去。」

「我來幫忙。」

幾個人趁機出去裝水，莊方郁又打了個呵欠，顧緯羿則偷閒切換視窗，他的 LINE 剛剛跳出一大堆訊息，得一一查看。

「嘴巴張這麼大！」他頭也不回地說著，「累了？」

「你不累？」說什麼鬼話！

「我記得的莊方郁是越累越有衝勁，樂在其中的喔！」他笑著，這陣子的公事來往，簡直是當年高三畢製歷程的重現……地獄版。

「我有年紀了，顧緯羿先生，不是高中生嘍！」莊方郁整個人趴在桌上，「拜託這版過！過過過！」

「我也希望！」其他人也認真祈禱。

滑鼠喀噠喀噠，顧緯羿眼睛突然一亮，轉頭看向了正把臉貼在桌上的女孩。「喂，好像找到了。」

「什麼？」莊方郁精神都來了，滑著椅子挨到他身邊看著。「誰？」

當年許千琳交給了四班門邊的阿強、然後傳到阿達後就消失了，問題是阿達也失聯了，這陣子顧緯羿在朋友圈裡尋人，看看誰至今還跟阿達聯繫。

終於找到了。

「問這麼久的事我怎麼記得……不過認真回想真的有，因為老師在瞪我，我不敢繼續傳。」莊方郁唸著視窗上的文字，「後來我要提前離開，你又不在，所以我託人遞紙條給你，讓你記得去拿？」

「別看我，我根本沒收到紙條，那天老師叫幾個人去辦公室搬他準備的禮物，我根本不知道阿達提早走了。」顧緯羿皺著眉，紙條到哪兒去了他也不知道。

會議室的門被推開，兩方的組員們開心地帶著便當跟飲料進來了，大家忙裡偷閒，特別輕鬆。

「Eric，你是吃魚還是排骨？」同事正分配便當。

「魚。」結果回答的是莊方郁，她催著顧緯羿滑動滑鼠，往下看啊！

「莊方郁吃咖哩牛跟無糖紅茶。」顧緯羿視線也沒離開螢幕，逕自交代著，而他們倆是貼著彼此在看訊息。

阿達說，他拎著衝出校門時才想起那禮物不是他的，所以他慌張地把東西擱在警衛室，寫了張紙條拜託警衛一定要交給畢業四班的顧緯羿，就急急忙忙上車了。

所以，莊方郁送的禮物，最後在警衛室裡。

看完訊息，他們都沉默了，兩人同步的打開便當，莊方郁自然地夾起蔥往隔壁的便當盒裡放，顧緯羿則夾了一大塊魚肉往他隔壁的便當蓋上放，再夾了一大筷的咖哩牛回來。

這動作行雲流水得讓整會議室的人都默默交換眼神，他們知道 Eric 跟莊小姐以前是同學，但他們之間的熟稔度跟氛圍，哎唷，其實是有那麼一點點不一樣的喔！

某人的電腦突然傳來提示音，所有人即刻緊張的往那個方向看去，組員戰鬥的點開訊息，果然是客戶方的回應——「過了！」

「YES！」會議室裡爆出歡呼聲，莊方郁終於有種鬆一口氣的感覺！

「立刻準備印刷，產品明天立刻準備製作，所有時程表要排上去！」顧緯羿即刻安排未來的進程，總算能進入下一步了。

兩間公司的成員們拿飲料乾杯，接下來的事，便是由顧緯羿這邊負責了。

會議室裡變得輕鬆且熱絡起來，唯獨兩個組長若有所思，莊方郁才擱下筷子，顧緯羿就抽了兩張面紙遞過去，她接過擦著嘴，一邊搖著頭。

「你覺得那東西還在警衛室裡嗎？」

「我覺得要去看看才知道。」

※　※　※

當熟悉、但老了許多的警衛伯伯捧著那個生灰的提袋出來時，顧緯羿簡直難以置信。

「這個對吧！厚！好久了！」警衛伯伯笑了起來，「我一直保管，我想說學生都沒來拿！」

「不是，伯伯，那個……當初不是有說是要給誰嗎？」顧緯羿有點兒心梗，「您有去找那個人嗎？」

「有嗎？那個誰誰誰是有說要給誰誰誰，但他講完我還沒記住人就跑了，我哪記得住！我就想說那個誰誰誰會自己來認領！」警衛伯伯一臉無辜，「啊你也太晚來了吧？」

顧緯羿很想說些什麼，但已經無力了，看警衛伯伯一臉理所當然的樣子，想來他早把紙條的事忘得一乾二淨了！都過七年了，計較這個沒意思，至少這份禮物還在，就已經可以算是奇蹟了吧？

「是它吧？」留意到身邊一直默不作聲的莊方郁，顧緯羿忍不住回頭看了眼。

她看著那袋子百感交集，外頭的塑膠袋都塑化成那樣了，現在誰去拎它，東西只怕都會直接掉下來；顧緯羿把禮盒從裡頭拿出來，袋子已經不堪用，他們抱著禮盒重回校園，雖隔七年但校園裡變化不大，只是聖誕節在即，處處是聖誕布置。

之前專供畢製小組的教室現在已經變成一般學生的教室了，不然以前他們只要有空都是往那兒窩的；現在是上課時間，他們找到操場邊那個莊方郁以前喜歡沉思的無人角落。

她當年選的是白色的包裝紙，已經隨著時間泛黃了，禮物現在就擱在顧緯羿的腿上，情景跟她想像的完全不一樣。

「真有趣，繞了這麼一大圈，它還完整的待在這裡。」顧緯羿把盒子拿起，就往莊方郁手裡塞。「拿著。」

「幹什麼啊?這是送你的。」

「既然都還沒拆，那就再來一次吧。」顧緯羿雙手手心向上，手指舞動勾著。「好好地送我!」

莊方郁沒好氣地扯了嘴角，其實正在努力掩飾自己的緊張，她不明白在慌什麼，事情都過去這麼久了不是嗎?

不過，當年她真的應該要當面送他的，如果當面給他，他們今天……會不會不一樣?

她做了好幾個深呼吸，都是在壓抑激動的情緒，七年前跟七年後，其實她的心情沒有多大的區別。

「畢業快樂，這是送你的畢業禮。」她鄭重地把禮盒遞給了顧緯羿。

「謝謝。」顧緯羿禮貌地接過，「那我拆嘍!」

「嗯。」她用力地點頭，看著他輕鬆的把脆化的包裝紙撕開。

顧緯羿輕易地就拆開了包裝紙，外盒就是他當時最喜歡的哈利波特復古風跟字樣，盒子是瘦高長方盒，與一般的音樂盒不太一樣;他帶著好奇與期待的瞅著她，再拆開禮盒。

「哇塞！」把盒子拿出來時，顧緯羿雙眼都亮了，這的確不是一般的音樂盒。的確類似提燈造型，再大一點，像是個直圓筒狀的展示櫥窗，玻璃筒的最上方還有頂分類帽，櫥窗裡的擺設完全是斜角巷的元素，有壁爐、有魔法書、懸空的魔法棒，以及那扇特別的磚牆！

顧緯羿興奮地看著音樂盒，又看向莊方郁，那笑顏就像個孩子，一點兒都沒有變！

「發條在底部！」莊方郁趕緊提醒，她迫不及待地想看音樂響起的瞬間。

顧緯羿趕緊拎起音樂盒，果然看見發條後轉了好幾圈，遲遲不鬆手，而是與莊方郁相互凝視，他要他們一起聽著那最經典的音樂響起，三、二、一——

登登登登登～登登登登……

熟悉的魔法音樂響起，懸空的魔法棒跟著揮舞彷彿在施法，顧緯羿臉上浮現的是閃耀的笑顏，那其實是她當年最想看到的表情，她知道他有多愛哈利波特，在學校時沒事就哼那首曲調。

淚水就這麼滑落了，莊方郁無法控制自己的淚腺，她沒想到這一幕，居然隔了七年。

「煩死了！怎麼……」她慌亂地擦著淚，顧緯羿只是笑著。

「我非常非常非常喜歡。」他說著，動手再上了一次發條，然後看著莊方郁梨花帶雨的側臉。

喜歡什麼？莊方郁留意著他的目光，他說的是音樂盒吧？

「這在哪兒買的？太厲害了。」顧緯羿邊說，自然地拿過空盒往裡瞧。

咦？等一下！莊方郁立即跳了起來，她是不是忘記什麼重要的事了！她飛快地撲前想搶回盒子！

不行！盒子裡有……有……

莊方郁幾乎是趴在他腿上的，她整個人壓了過來，顧緯羿哪有可能讓她得逞，盒子第一時間就挪到右手去舉高高，任她也搆不著。

「顧緯羿，別鬧……你已經知道……」天哪！莊方郁覺得丟死人了。「那是七年前的事，七年前！現在都不一樣了！」

「嗯，我懂，不一樣了。」他刻意搖了搖紙盒，裡頭傳來喀啦喀啦的聲音。她的卡片。

他揚起不懷好意的笑容，莊方郁則無地自容的把臉埋進手裡，這是多尷尬的場面，她幹嘛現場送禮物？重現什麼東西啊！七年過去了，她還是跟當年一樣又慌亂又緊張啊！

「放心，我沒那麼不上道。」顧緯羿彈了她的頭一下。

莊方郁放下手掌瞄了過去，他並沒有當面打開卡片，而是把那外盒好整以暇地蓋好。

他知道她的尷尬，不在她面前看那張卡片……不！不對！莊方郁朝他伸出手，卡片還她啊。

「時過境遷了，我們都不一樣了。」她伸手要著，「卡片還給我吧，當年沒看到是一種命定，就當作沒有。」

他望著她，若有所思。

「兩邊同時錯過，的確是一種命定！不過七年後我們在咖啡廳重逢，又在公事有往來，甚至找回了這個音樂盒，也是一種命定。」他笑了起來，「而且那是我的卡片，即使過了七年，我還是有權擁有它的。」

「顧緯羿！」莊方郁再度伸手想搶，依舊失利。

他已經把盒子放進了背包裡，拎著那個斜角巷音樂盒起了身。「走吧！」

「喂……」莊方郁焦急地追上他，實在是羞赧到不行。「拜託還給我吧！」

顧緯羿根本不回應她，逕自往前走，一路到上了車都還把背包護在腳邊，不讓莊方郁有任何可乘之機。

離開前警衛伯伯還送他們一人一個小的槲寄生吊飾，是今年學校做的小禮，他手邊有多的就送給他們；顧緯羿正把它吊在後照鏡上，莊方郁則咕噥著繫上安全帶，她不知道自己早從耳根子一路紅到了頸部，卡片裡是沒有寫任何告白的話，但是上面寫的東西，跟告白沒有兩樣啊！

「顧緯羿，我覺得高中生涯最棒的事，就是最後一年認識了你，我們因為畢製而認識，你真的是很懂我的人，我們也是最好的夥伴！今天我們都將畢業，也已經考上理想的學校，想著或許未來不太有機會見面，我有些話想跟你說，今天下午一點，在你家樓下的公園老地方，我有話跟你說，不見不散。」

莊方郁在心裡默唸著，救命！她竟然一個字都沒有忘記過。天哪……她怎麼能記得這麼清楚啊。

一邊懊惱著，一邊留意到窗外飛掠過的景色，突然覺得哪兒不對勁之際，車子已經停下，他們並沒有要去吃飯，顧緯羿直接把車開回了……他家附近那個公園。

「走吧。」一聲走吧，顧緯羿開了車門就下車。

「咦？顧——」莊方郁倒抽了一口氣，他想做什麼！她情急地趕緊下車，看著眼前的公園，心跳再度加速。

那天之後，她真的沒有再靠近過這裡，沒有再來過這個公園。

男孩已成男人，他高大的身軀就在身邊，為她撐起了傘，朝她伸出手；莊方郁一顆心疾速地跳動著，腦子是一團漿糊，她知道他想幹麼，但……有必要嗎？

內心如此質疑，可是她還是把手搭上去了。

他拉著她來到「老地方」，結果那張椅子已經撤掉了，取而代之的是一個新的遊樂設施，旁邊老樹也已移栽，他們的老地方已經不見了。

「果然，沒有不會變的事情。」她淒楚地一笑，看著全然消失的過往影子。

「也不一定，公園不是還在嗎？」顧緯羿倒是從容，站到了該是長椅的地方，那兒真的滿滿回憶。

顧緯羿把音樂盒擱在旁邊的遊樂器材上，器材上都是濕的，今天跟那天一樣，都是個雨天，音樂聲繚繞，他們站在一支傘下，氣氛竟有點令人難以呼吸。

「我這次沒有失約。」顧緯羿輕聲的開口，「所以，妳那天想跟我說什麼？」

他不必看卡片，都能知道裡面寫什麼，都已經說了不見不散了，何必再多此一舉？

莊方郁絞著雙手，不可思議地抬頭看著他，她剛剛有一瞬間想逃，但是……逃是毫無意義的。

就如同顧緯羿所說的，他們再度重逢，音樂盒還在，這也是命中注定。

「你明知道的，但那已經是七年前的事了。」莊方郁轉向了那天她站的角落，「我那天真的是非常緊張又坐立難安地站在那裡，一直等著你，從興奮期待，等到絕望失落……」

她彷彿在牆邊看見了當年心痛的自己，淚水不停地滑落，不停地問著為什麼為什麼？

「一樣的心情，一樣的話，等同於在冰店裡的我。」顧緯羿沉穩地說著，一字一句。「我那天是緊張得要死，連吃了三碗冰，想了無數種告白的話，直到天黑。」

是啊，那天有兩顆相互愛慕的心碎了一地，結果卻來自於一場陰錯陽差。

「所以當年，你也喜歡我對吧？」莊方郁打趣地問著。

「非常非常喜歡。」顧緯羿給予肯定的回應。

看他們多有默契，選擇一樣的方式，選在同一天、自認為的「老地方」，同時想告白。結果，命運讓他們錯過了。

「我當年也非常非常喜歡你。」她突然能夠平靜地面對他，說出七年前令她忐忑的話語。

顧緯羿泛起笑容，伸手擁抱了她，莊方郁自然的趨前，他們用力的擁抱，這是為了七年前的錯過，畫上青春的句點。

好像這一關過了，那段遺憾才真的了結了。

音樂聲的停止讓他們離開彼此的擁抱，顧緯羿再旋到最緊，這音樂真的會讓人一秒進入魔法世界。

「我覺得還能相遇就是緣分，還能尋回這個音樂盒是有原因的……」顧緯羿望著音樂盒說著，「不過妳知道這都是藉口。」

「什麼？」

「我也以為時過境遷，諸如我們都長大了，這些年歷經過多少事、多少人，少年時的友誼就該是友誼。」他緩緩看向了她，「但沒有，我發現我還是喜歡妳，而且這段日子的相處，我更喜歡妳了。」

這告白殺得她措手不及，莊方郁連呼吸都忘了，只是圓睜雙眼看著他。

「這不是得不到的愛戀那麼簡單，妳還是我喜歡的那個小郁，而且妳的成長更讓我迷戀，我沒有在開玩笑。」顧緯羿彎下頸子，逼近了她。「妳呢？」

她終於眨了眨眼，「你……認真的嗎？」

「再認真不過了。」他自己都笑了起來，「我說得比當年想破腦子的告白好多了。」

當年他吃了三碗冰、凍僵了腦子，也只想到「我喜歡妳」四個字。

「我不知道，你得給我點時間。」她終於開了口，「我怕這是七年前的餘波，我怕分不清楚是當年的喜歡或是現在的。」

顧緯羿聽著沒有失望，卻帶著點得意地笑了起來。

換句話說，她現在還是有點喜歡他的。

「我們現在有的是時間了。」他主動握住她的手，「我能等的。」

她沒有拒絕，事實上對於顧緯羿的靠近或親暱，她從來都沒有抗拒過……而且，她是喜歡的。

千琳真的很厲害，她總說她不談戀愛是因為顧緯羿，現在想起來，說不定真是這麼回事。

「我可以問嗎？你可以不回答的……」莊方郁突然悶悶地問，「這些年，你交過幾個女朋友？」

「沒有。」顧緯羿委屈地嘆了口氣，「因為我高中被傷得太深了。」

嘖！她玩笑式地打了他一下，誰傷誰啊！

所以他們兩個都一樣嗎？跨不過去的青春，被彼此的思念所束縛。

拎著音樂盒，他們重新回到車上，莊方郁本來想著該去拜訪一下他爸媽，但總覺得現在出現的話，氣氛好像會怪怪的？

「去吃飯嗎？我餓了。」她問著。

「還想吃炒麵嗎？以前我們常去的那間？」他調整著後照鏡，上頭掛著的槲寄生晃呀晃的。「然後如果妳不介意的話，吃飽我想再去一趟冰店。」

「你真的硬要耶！」莊方郁無奈地笑著！吃麵她當然 OK，因為顧緯羿的關係，她畢業後就沒再吃過那間店了。

「有始有終，總得換妳不失約。」他認真地說道，將音樂盒轉緊，擱在擋風玻璃那兒。

清脆的音梳滑過音筒，音樂盒的聲音是極其清脆，嘿美主題曲的悠美鋼琴聲，讓這狹窄的車內都彷彿充斥著魔法。

顧緯羿正拉過安全帶繫著，在樂音繚繞下，莊方郁突然趨前，由下而上吻住了他。

男人是愣住的，他的插片都沒插進鎖扣裡咧。

「我記得哈利跟張秋他們是在槲寄生下接吻的。」

傳說，如此可以獲得美好幸福的戀情。

顧緯羿抿了抿唇，揚起了笑容，趨前還想一親芳澤時，莊方郁卻赧紅著臉坐正身子，還往車門刻意挪了幾吋。

「餓了，快走啦！」

顧緯羿無辜可憐地望著她，這女人……唉，算了，又不是第一天認識她。

「吊胃口啊，莊方郁。」嘖嘖，他使勁地插入安全帶。

「嗯哼……都吊七年了，不差這一時半會兒吧。」她羞澀地直視前方，根本不敢多看他一眼。

誰吊誰七年還說不準咧。

只是，人生不是每個錯過都還能再有機會重來的，她看著前方音樂盒裡正揮動的魔法棒，或許，這是專屬於他們的魔法吧！

話說回來，顧緯羿給她的禮物究竟去了哪兒呢？

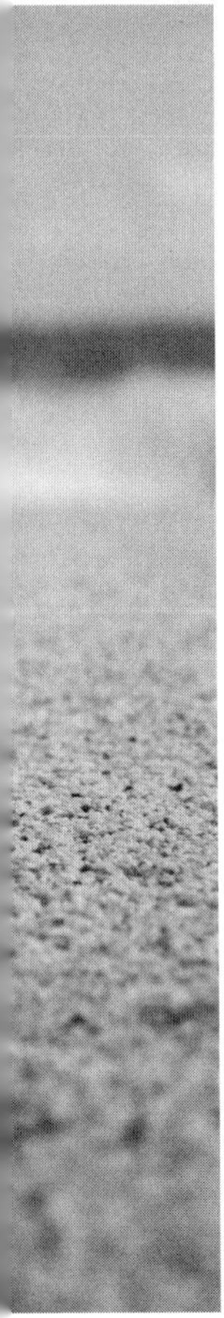

The last love song

／ 晨羽

妳好，請問妳是李靜霏小姐嗎？

我叫關子閎，是子皓的哥哥。

我弟弟有一樣關於妳的重要物品，我想親手交給妳，衷心希望妳能跟我見面。

擁擠的捷運車廂內，李靜霏看著躺在臉書收件匣的這條訊息，原本因疲憊而渙散的思緒一下子集中了起來。

點進對方的介面一看，沒有大頭照，沒有貼文，乾淨到像是新辦的帳號。

李靜霏恍惚不動，腦中慢慢拼湊出一張已然模糊的面孔。

三年前，她在關子皓的葬禮上見到關子閎，當時關子閎並沒有特別留意她，對方的父母跟妹妹看見她時也沒什麼反應，李靜霏便確定，關子皓沒有讓家人知道她的存在。

葬禮過後，她就沒再見過關子皓的家人，如今關子閎不僅找到她，還捎來這樣的訊息，李靜霏直到晚上就寢前才動手回覆，確定對方真的是關子皓的哥哥後，便同意跟他見面。

隔天下班後，李靜霏走進位於捷運站附近的咖啡店，入坐不到一分鐘，就有一名年輕男子走到她的面前。

「李小姐？」男人的嗓音低沉，深邃的黑眸定格在她臉上。

她馬上點頭。

關子閎穿著簡單的白色T恤及藍色牛仔褲，揹著黑色的單肩包，給人乾淨俐落的感覺，看不出已經二十八歲了。

他拉開對面的椅子坐下，態度誠懇客氣。「謝謝妳跟我見面，突然聯絡妳，妳一定很吃驚吧？」

「是呀。」她瞧瞧其他獨坐一桌的年輕女客人，好奇問：「你怎麼知道我就是李靜霏？」

關子閎看她一眼，莞爾回答：「我看過妳的照片。前陣子我向子皓的朋友打聽妳的消息，但沒有一個人知道妳的聯繫方式，後來有個女生透過臉書的回顧貼文，找到一張你們五年前在燒烤店聚餐的照片，那張照片有拍到妳，也有標記妳，所以我才能透過妳的臉書帳號傳私訊給妳。妳現在的樣子跟照片上沒有太大落差，不至於認不出來。」

隨著他的敘述，李靜霏也想起那段回憶。

五年前的某一天，她跟關子皓一起去燒烤店用餐，巧遇關子皓的幾個朋友，禁不住他們的蠻纏要求，關子皓答應與他們併桌，吃飽喝足後，其中一個女生主動表示要幫大家拍照，還向李靜霏問了臉書帳號，分享在臉書上。

李靜霏會對這段過往還有印象，是因為那是她第一次跟關子皓的朋友聚餐，也是最後一次。

與關子皓交往的那三年，他不曾主動將她介紹給朋友，更不帶她參加朋友的其他聚會，不讓任何人關注她。

「你是為了找我，才辦了臉書帳號？」李靜霏問男人。

「妳怎麼知道我臉書是剛辦的？」關子閎好奇。

「子皓有說你不玩社群軟體。」

他眨眨眼，「他有告訴妳這件事啊？」

「嗯，他偶爾會跟我分享家人的事情。」李靜霏抿唇，試探開口：「你知道我跟子皓的關係？」

「我知道，你們是小學同學，大學時重逢。他交女朋友的事，家人裡只告訴我，但他就是不肯讓我看妳的照片，他對妳的佔有欲非比尋常，把妳藏得相當隱密。」關子閎看著她的眼神似有深意。

李靜霏沉默下來，這時店員走來幫他們點餐。

關子閎連點單都不看，直接點一杯冰摩卡咖啡，李靜霏也點了一樣的。

「子皓的葬禮，妳有來嗎？」

店員離開後，關子閎繼續話題。

「有，我在你妹妹的臉書，看到她公開葬禮的時間跟地點，後來我避開子皓的朋友，選在人少的時候去。」

「妳是怎麼知道子皓出事的？」

她娓娓道來：「子皓出事那天，我人在台東的外婆家，傍晚從新聞上看見消息後，我立刻打給子皓，發現已經打不通，沒有多久，我就從子皓臉書湧進的留言裡確定這個消息。」

「原來如此，如果有子皓的手機，我就能聯絡上妳，可惜他的手機已經消失在大海裡，再也找不到了。」關子閎不無感慨，「葬禮那天，我沒在禮簿上看見妳的名字，但是有一份沒寫名字的白包，是妳給的吧？妳是不想讓我們發現妳的身分才這麼做嗎？」

她沒有說話，形同默認。

「妳跟子皓那時候還在交往？」

「嗯。」她頷首。

關子閎目光如炬，「為什麼不對我們表明身分？難道有什麼特殊的原因，才讓妳一次都不願意出現在我們面前？」

不意外他會有這種揣測，李靜霏冷靜地解釋道：「我不出現，是因為我覺得子皓不會希望我這麼做。如你所言，子皓對我的佔有欲非比尋常，他不願帶我進入他的朋友圈，也不想讓我認識他的家人，要是我真的在葬禮上對你們表明身分，我覺得子皓不會高興，才做出這個決定。」

關子閎沒有反駁她的判斷，反問：「那妳呢？子皓這麼做，妳不會不高興嗎？」

李靜霏搖首，「我不介意，我不像子皓那樣擅長跟別人相處，算是習慣活在自己世界裡的人，就算不進入子皓的生活圈，我們還是能相處融洽，所以我尊重他的想法。當然我也想過，子皓或許有別的女人，才會對外淡化我的存在，但我看不出有那種跡象，也能感覺到子皓是真心愛我，後來我就沒想過這個可能了。」

微妙的凝重氣氛瀰漫在兩人之間，店員將兩杯盛滿冰塊的摩卡咖啡端上桌，但彼此都沒有馬上拿起來喝。

「李小姐，我知道這個問題很冒犯，但我沒惡意，我只是想親耳聽到妳的回答。」關子閎再出聲時，語氣多了一份慎重。「妳以前是真心愛子皓嗎？」

李靜霏一凜，不答反問：「是我說的話，讓你有這個懷疑嗎？」

「不是。」關子閎否認後，從單肩包裡取出一個約莫巴掌大，看起來頗具分量的瓦楞小紙盒，謹慎推到她的面前。

「我說子皓有一樣關於妳的重要物品，就是這個，請妳打開看看。」

李靜霏依言照做，盒子裡的東西一入眼簾，她登時入定，接著將其取出端詳。

那是一只水晶球音樂盒，水晶球裡有美麗的白色旋轉木馬，儘管外觀已經失去光澤，音樂盒仍保存得很好，不見一點刮傷。

關子閎說：「這個音樂盒過去一直擺在子皓的租屋處，我想妳應該有印象，子皓跟我分享妳的事時，有提過這個音樂盒。他過世後，我曾經想到妳，但妳一直沒出現，所以我以為妳跟子皓已經分手；上個月，我在我妹妹的房間發現這個音樂盒，她從子皓的遺物發現它後，就替他保存了下來。我一看見音樂盒，就重新想起子皓當年對我說的話，這讓我決定要找到妳，替子皓把它還給妳。」

「你說……還給我？」

「對，子皓告訴我，這個音樂盒本來是妳的，是他從妳身邊奪走了它。」他一字一頓道，「我會問妳是否真心愛子皓，是因為子皓也曾透露，妳之所以跟他在一起，有可能是因為這個音樂盒，所以我有點好奇妳的想法。」

李靜霏神情木然，耳邊傳來清晰的心跳聲。

一時之間，她分辨不出自己是為了闕子皓說的哪一句話而震驚。

「李小姐，妳還好嗎？」

闕子閎關心的詢問，讓李靜霏回過神，張口回應前，對方放在桌上的手機卻突然作響。

他動手接聽不久，臉色驟然一變，很快結束通話，嚴肅告訴她：「李小姐，不好意思，我妹打給我，說我爸在家裡昏倒，我得去醫院一趟。」

「好，你快點去吧。」她馬上說。

「真的很抱歉，我再跟妳聯絡。」

闕子閎將附近的店員喚來，直接把結帳單跟伍佰元鈔票給他，就快步離開店裡，將音樂盒留了下來。

回家後，李靜霏坐在客廳，啟動手中的音樂盒。

她一邊凝視水晶球裡的旋轉木馬，一邊聆聽她再熟悉不過的搖籃曲，思緒一下子墜回遙遠的從前，久久無法回神。

「子皓告訴我，這個音樂盒本來是妳的，是他從妳身邊奪走了它。」

李靜霏闔上微微發燙的雙眼，在腦中描繪起那個男孩的輪廓。

※　※　※

關子皓曾經是李靜霏的一場惡夢。

他們小學同班，在班上的地位卻截然不同。關子皓活潑調皮，是班上的開心果，也是如同領袖般的存在；李靜霏孤僻內向，沒有朋友，是各方面都不起眼的邊緣女孩。

她曾經是關子皓的眼中釘，關子皓有時會率領幾個男生，趁她不在時翻出她藏在抽屜裡的繪畫簿，傳閱給全班看，讓大家嘲笑她拙劣的畫功，也會在她開口回答老師的問題時，模仿她緊張膽怯的口氣，逗得同學們哈哈大笑，讓李靜霏痛苦不堪，更一度不想再去上學。

有次關子皓又企圖搶走她的繪畫簿，李靜霏為了奪回去，竟不顧一切朝他撲上去，將他推倒在地後，李靜霏仍不罷休，她忍無可忍地一邊大哭，一邊往關子皓的身上胡亂揮打，最後被師長制止，兩人都被叫去處罰。

關子皓的臉蛋跟手臂被李靜霏打到輕微挫傷，但他似乎有真心反省，不僅在老師面前向李靜霏道歉，也承諾不再欺負她；當老師因為他的傷，決定聯絡雙方父母，關子皓竟阻止了老師，表示會向家人謊稱是自己跌倒受傷，不讓李靜霏遭到家長責備。

事情落幕後，關子皓跟李靜霏就像是兩條平行線，久久不再有交集。

一年後，升上五年級的李靜霏，依舊是班上最孤僻的女孩。

當時她最大的娛樂，是放學後一個人逛文具店。販售各種商品的文具店，在她眼中如同一座寶山，是唯一能讓她發自內心感到快樂的小小天地。每天觀察店裡是否有新進漂亮的筆記本跟畫筆，或是她喜歡的動畫小卡，以及各式各樣的可愛布偶，是她最期待的一件事。

有一天，李靜霏在文具店的玻璃櫥櫃裡，意外發現一個美麗的水晶球音樂盒，水晶球裡的白色旋轉木馬，在一秒間攫住她的眼球，認識她的店長，見她在櫥櫃前癡癡盯著音樂盒許久，大方地用鑰匙開啟玻璃門，讓她把音樂盒捧在手中慢慢欣賞。

她聆聽音樂盒的搖籃曲，看著水晶球裡的白色木馬優雅旋轉，心臟噗通噗通地快速跳動著，發現自己無論如何都想要擁有它，然而音樂盒的價格令她望之卻步，天人交戰後，她在母親晚上回家時，告訴她有想要的音樂盒，希望母親同意買給她。

「妳不是有兩個音樂盒了嗎？」母親問。

「那些都是表姊們不要的，也都故障了，我看到的那個音樂盒，才是我最喜歡的。」李靜霏囁嚅道。

母親猶豫一會兒，最後說：「好，如果妳能在這次的期中考，考進班上前十名，媽媽就買給妳。」

李靜霏喜出望外，隔天放學後立刻跑去文具店，跟店長報告這個好消息，店長也爽快答應幫她保留音樂盒，不讓其他客人買走。

與店長聊完後，她興高采烈再去看一眼音樂盒，卻發現有個男生站在玻璃櫥櫃前，對方書包上的寶可夢圖案，讓她大吃一驚，男孩不久也從玻璃倒影發現了她，轉頭與她四目相交。

當時氣氛尷尬無比，最後是男孩主動打破沉默：「李靜霏，妳幹嘛這個表情？我又不是怪物。」

關子皓不悅的口氣讓她瑟縮了下，想要逃跑，雙腳卻動不了。

像是想降低她的戒心，男孩無奈地再補一句：「我已經答應老師不會欺負妳，所以妳不用再怕我了啦，我只是站在這裡看音樂盒，又不會對妳怎麼樣。」

當關子皓再度望回玻璃櫥窗內，她仔細觀察，發現他在看的竟是旋轉木馬的音樂盒，當場睜圓了眼睛。

「妳家有音樂盒嗎？」關子皓頭也不回地開口。

確定男孩是在跟她說話，李靜霏結巴回：「有、有兩個。」

「是喔？我一個也沒有。」

聞言，她鼓起勇氣問：「你想要旋轉木馬的音樂盒嗎？」

「想啊，但我買不起，我爸媽也不會買給我。」悶悶回出這句，關子皓就轉過身。「我要回家了，再見。」

男孩離開後，李靜霏鬆一口氣，慶幸關子皓沒有找她麻煩，更慶幸他沒有決定買下那個音樂盒。

自那天起，李靜霏開始認真讀書，不僅比平常更專心地聽老師講課，下課時間還會抱著課本繼續溫習。當導師注意到她的轉變，並透過週記得知背後的原因，也不吝給她支持跟鼓勵，歡迎她隨時拿不懂的問題去問他。

李靜霏的努力最終得到了回報，過去成績總是落在後段的她，竟在那次期中考到了第九名。她被導師公開表揚，得到同學欽佩的眼光，有一群女同學甚至主動找她說話，邀她一起玩，徹底扭轉過去在班上的處境。

看到女兒的成績單，李母非常高興，答應休假後就帶她去文具店買音樂盒。

然而後來卻發生一段意想不到的插曲。

李靜霏買下音樂盒之前，導師忽然宣布關子皓下週就要轉學的消息，那週五剛好是關子皓的生日，因此導師將在那天的最後一堂課，替他舉辦歡送會跟慶生會。

關子皓本來就受女孩子歡迎，幾個對他有好感的小女生，下課時間拉著李靜霏一起討論週五要送給關子皓的生日禮物。

「關子皓最喜歡寶可夢了，我要送他寶可夢的玩具公仔。」

「我送的是足球造型的鑰匙圈，因為關子皓喜歡踢足球。」

「我知道關子皓還喜歡米格魯，所以我想送有米格魯圖案的東西，像是手提袋或杯子之類的。靜霏，那妳呢？」

李靜霏被身旁的班長問得傻住，搖搖頭，表示不知道。

班長說：「沒關係，我們一起幫妳想，有誰知道關子皓還喜歡什麼？」

見她們絞盡腦汁思考，卻沒有頭緒，李靜霏當下也不知道自己哪根筋不對，竟脫口而出：「關子皓好像還喜歡音樂盒。」

當她們追問原因，李靜霏最後老實說出之前跟關子皓在文具店的對話。後來，班長要求李靜霏放學後帶她們去看看那個音樂盒。

當她們站在玻璃櫥櫃前，聽到店長說旋轉木馬的音樂盒已經有人買下來，班長的語氣充滿失望：「好可惜哦，是誰買下來了？」

「就是靜霏啊，她想要那個音樂盒很久了，這週末她媽媽就會帶她過來買嘍。」店長笑吟吟答腔。

那一刻她們投在李靜霏身上的眼神，讓她冷不防打了個冷顫，更莫名覺得心虛，彷彿自己做了什麼錯事。

隔天，班長私下找了李靜霏談話，為的正是音樂盒的事。

「妳可不可以把那個音樂盒讓給我？既然關子皓親口說他想要，我無論如何都想送給他。」

「可是……」

班長繼續努力說服她：「靜霏，妳應該不知道，關子皓之所以轉學，其實是因為他的爸爸媽媽離婚了，所以他一定很難過，要是他收到音樂盒，說不定就能開心一點。只要妳答應，等到妳生日，我一定送妳更漂亮的音樂盒。」

李靜霏萬分為難，最終仍是鼓起勇氣拒絕了班長，表示自己也無論如何都想要那個音樂盒，實在無法割愛，所幸班長也沒生氣，僅無奈地說沒關係，就掉頭離開了。

然而下課時間，李靜霏卻在廁所裡聽見其他女孩對她的抨擊。

「李靜霏真的很過分，班長都那樣拜託她了，她還不答應，都不覺得關子皓很可憐嗎？真是沒同情心！」

「她一定是還在為關子皓從前欺負她的事記仇，但關子皓早就跟她道歉了，她把關子皓打傷的時候，關子皓還要老師不要告訴李靜霏的媽媽，不讓她回家被責罵耶。」

「就是嘛，李靜霏怎麼可以這樣？超級自私，我們以後都不要跟她說話了。」

李靜霏全身發抖，怎樣也沒想到，她只是不願把喜歡的音樂盒讓出去，竟會害得自己回到過去的處境；儘管她不願意失去音樂盒，可如今她更害怕失去好不容易交到的朋友，糾結一天後，她在放學時跑去找班長，表示願意讓出音樂盒。

週五那天，李靜霏看著班長親手將音樂盒放到關子皓手中，心裡既難過又委屈。她氣關子皓，但更氣自己，因為要是她沒有對班長她們說溜嘴，她就不需要把音樂盒拱手讓人。

這段苦澀的回憶就這樣放在她心中，隨著時光的洪流被推得越來越遠，遠到足以讓她忘記那份遺憾，也遺忘了男孩的面容，結果她竟在大一的暑假，在一間超商裡意外與關子皓重逢，當時關子皓把商品拿去櫃檯給她結帳，瞥見她名牌上的名字，主動開口與她相認。

長大的關子皓與小時候一樣陽光開朗，也一樣容易受到女孩子注目，他在幾個女客人欣賞的打量下，問李靜霏幾點下班，她老實回答後，竟真的在下班時間看見他出現。關子皓說想和她聊聊天，但又怕打擾她工作，才決定晚點過來找她。

那天李靜霏不僅知道關子皓跟她一樣在桃園念書，兩人還加了 Line 方便聯絡，自那天起，他們每日都會聊天，最後甚至開始相約出去。

有次關子皓邀她去遊樂園，兩人站在絢爛華麗的旋轉木馬前，他突然對李靜霏說出一件驚人的事。

關子皓小學三年級時曾跟家人一起到遊樂園，碰巧在旋轉木馬的設施前，發現也跟家人來玩的李靜霏，但她似乎被母親責罵，一雙眼睛哭得又紅又腫，臉上充滿著委屈。

李靜霏詫異，「原來當時你也在那裡？」

「對啊，妳記得嗎？」關子皓也瞠目。

「記得，那是我第一次跟我爸媽去遊樂園，但我爸爸才陪我玩完旋轉木馬，就接到老闆打來的電話，必須趕回工廠，後來我開始鬧彆扭，我媽見我一直鬧脾氣，後來也很不高興，罵了我一頓。」

「妳爸有跟妳道歉嗎？」

「有，他承諾下次去遊樂園，一定會陪我玩到最後，然而沒過幾天，我爸就在工地發生意外走了，此後我就再也沒去過遊樂園，直到今天。」

關子皓過了一會兒才說：「我也記得老師當時跟大家說妳父親過世的消息，要我們好好安慰妳，那時我真心覺得妳很可憐。」

「那你後來還欺負我？你知不知道我以前有多討厭你？」她笑著橫他一眼。

「對不起啦，因為自從妳父親過世，妳就變得死氣沉沉，像個沒有靈魂的人，讓我看得有點生氣，忍不住就想做些刺激妳的事，所以當妳在大家面前把我推倒，一邊哭一邊痛毆我，我其實有點高興，因為妳終於不再忍氣吞聲了。當然，我知道這都是藉口，無論如何我都不該那樣對妳，請妳原諒我從前的不懂事。」他給她一個帶著歉意的笑容。

李靜霏默默看他，「你今天找我來遊樂園，莫非是想跟我懺悔？」

「這是原因之一，其實小學三年級那次之後，我也沒再來過遊樂園了，我爸媽的感情在那一年出現裂痕，後來的關係就越變越差，當年的遊樂園之行，算是我們全家人最後一次出遊，這次再見到妳，不知為何讓我想起這段回憶，也興起了想再來一次的念頭。」

李靜霏這下總算理解，當年關子皓為何會想得到那只音樂盒，或許是音樂盒上的旋轉木馬，讓他想起過去與家人去遊樂園的快樂時光，就像她想到自己的父親一樣。

「你父母離婚後，你是跟誰？」

「我和我哥跟我媽，我妹妹則是跟我爸。我爸媽已經沒聯絡，但我和我妹還是常見面，比見到我哥的次數還多。」

「你跟你哥哥感情不好嗎？」

「不是啦，只是因為一些原因，我很少能見到他。」關子皓笑了笑，沒有多說下去，就將話題轉到她身上。「那妳呢，妳媽媽還好嗎？」

「她很好，我媽四年前再婚，也有了孩子，我不想打擾她的新家庭，上大學後，只有過年才會回去。」她輕描淡寫道。

「是喔。」闞子皓反應平淡，繼續望著前方的旋轉木馬，不再開口。

那天他們在遊樂園玩到天黑，還一起搭了摩天輪。

闞子皓開口邀請她到他家坐坐，她答應了。

走進他住的十五坪套房，李靜霏環視裡頭的簡約傢俱，目光最後停在書櫃上的某樣物品，很快認出那是她記憶中的水晶球音樂盒，忍不住上前專注細看，心中湧上一絲驚喜與懷念之情。

「妳喜歡那個音樂盒嗎？」闞子皓問。

「嗯，讓我想起今天在遊樂園裡看到的旋轉木馬。」

「那是我以前轉學的時候，班上同學送我的。」

「你記得是誰送的嗎？」

「不記得了。」

闞子皓走到她的身後，在她轉過頭來的那一刻，整個人向她貼近。

而她沒有推開他。

發現關子皓已經不記得兩人小時候在文具店裡的對話，李靜霏便沒打算說出音樂盒的真相。至今他還把音樂盒留在身邊珍藏，就證明他有一顆念舊且細膩的心，她被這樣的關子皓打動，不忍讓他對自己多一分歉疚。

有天下午，他們在新開張的手搖飲料店買了兩杯飲料，結果李靜霏不慎選到有高含量咖啡因的茶飲，導致她到半夜三點都還睡不著，而關子皓喝的明明是無咖啡因的麥茶，意識卻跟她一樣清醒。

「你還不睏嗎？」李靜霏問著躺在身邊的他。

「嗯，我本來就夜貓子，習慣晚睡。」關子皓勾勾唇，托腮看她。「妳若睡不著，要不要我唱歌給妳聽？」

「好，你要唱什麼？」

關子皓起身將音樂盒拿到床邊，用音樂盒的音樂當伴奏，開始在她耳邊哼唱：「快快睡，我寶貝，窗外天已黑。小鳥回巢去，太陽也休息……」

李靜霏邊聽邊笑，闔眼感受對方不斷落在她眉眼及嘴唇上的輕吻，就這樣聽他唱完最後一段：「好寶寶，安睡了，我的寶寶睡了……」

「關子皓，你這樣我要怎麼睡？」李靜霏害羞地輕捶他的胸膛，笑到岔氣。「而且你為什麼唱搖籃曲？我又不是小貝比。」

「睡不著當然要唱搖籃曲，不然要唱什麼？有沒有稍微覺得睏了？」

「完全沒有。你別唱了，換我唱給你聽。」

說完，李靜霏也學他唱起搖籃曲，並捧住他的臉，給他一個又一個溫柔的吻。

當一曲唱畢，闕子皓告訴她：「妳唱搖籃曲很好聽。」

「這不是搖籃曲，」李靜霏意味深長道，「是情歌。」

闕子皓眼底含笑，沒問她為什麼是情歌，彷彿他心裡也知道答案。

「李靜霏，妳愛我嗎？」

看進他宛若星辰的黑眸，李靜霏輕輕與他額貼額，用隱含一絲沙啞的聲音回答：「我愛你，闕子皓。」

與闕子皓重逢至今，李靜霏很早就注意到，闕子皓總是對家人的事語帶保留，不欲說明太多。兩人交往半年後，他才主動告訴她一些不為人知的秘密。

闕子皓的母親與前夫離婚之後，認識一名有家室的有錢男人，並成為對方的情婦，為了不被前夫瞧不起，也避免前夫得知真相後將兒子們接回撫養，闕母會拿生命要脅他們不得告訴父親。

由於母子三人是靠男人給的錢過日子，兄弟倆不僅得看對方的臉色，還得忍受母親因為對方而患得患失，變得陰陽怪氣，敏感多刺，最後關子皓的哥哥關子閎忍無可忍，高中畢業就搬出去，再沒回來過。

「我哥離家一年後，有問我要不要搬去跟他住，但我哥獨自生活已經很辛苦，還要照顧我的話，會給他帶來負擔，所以我拒絕了。跟我哥相比，我的個性比較圓融，也比較會說好聽話，逗大人開心，所以還算能繼續應付這種生活，但後來我媽媽被正宮發現了，也因此被拋棄，整個人大受打擊，變得既癲狂又不可理喻，最終我也受不了，跟哥一樣進大學後就搬出家裡。」

聽著關子皓用雲淡風輕的口吻述說那段艱辛的過往，李靜霏輕撫他的髮絲，柔聲問：「那你媽媽現在怎麼樣？」

「她最近好像又有了新對象，希望她這次能順利得到幸福。」關子皓面無表情望著天花板，聲音沒有一絲重量。「我真的很不想讓別人知道這些不光采的事情，因為非常丟臉，但是我好像沒別的選擇了。」

「沒關係。」李靜霏伸手擁緊了他，「再不光采的事，你都可以跟我說，你想要我怎麼做，我都答應你。」

後來，關子皓希望她盡可能別出現在他的朋友及家人面前，更別讓他身邊的人輕易聯絡上她，李靜霏照做了。

李靜霏本身就鮮少使用社群軟體，跟關子皓的朋友也完全不熟，因此這對她來說並不困難，唯一一次破例，是在大三時的某一天，她在燒烤店被關子皓的女性友人問了臉書帳號，為了不弄僵氣氛，關子皓當時暗示她沒關係，李靜霏這才給了出去，後來關子皓的幾個朋友，透過照片的標記對她送出交友邀請，她同樣在關子皓的允許下按下同意，但就僅止於此，沒有人再見過李靜霏，更沒人從兩人的臉書上知曉他們的交往情況。

一年後的夏天，李靜霏聽母親說外婆身體不適，決定找時間去台東探望她，最後選在關子皓跟朋友去海邊遊玩的日子出發。

那天傍晚，李靜霏和外婆坐在電視機前吃晚餐，結果在新聞台看見關子皓今日去的海邊，傳出有男大生溺水身亡的消息。

新聞公布的姓氏及特徵，讓李靜霏全身一片冰涼，她立刻放下手裡的碗筷，顫抖地用手機撥電話給關子皓，卻遲遲等不到他接起，等到她看見關子皓的朋友在臉書上的哀悼貼文，才確定死去的就是關子皓。

網路報導，關子皓為了救一名被海水沖走的小朋友，因此不幸溺水，小朋友最後順利被救起，關子皓卻沒有。

回到桃園後，李靜霏去關子皓的租屋處，從房東口中得知關子皓的家人已經將他的東西全數帶走，下個月就會有新房客入住。

關子皓葬禮的那天，她低調去到現場。

她看著關子皓的家人站在眼前，始終沒有向他們表明身分，也沒有開口說一句話。

她和關子皓的故事，就此永遠停格在那一年。

※　※　※

李小姐，上次很不好意思。

我還有些話沒能跟妳說，若妳不介意，這個週末是否方便再見面？

那日關子閎把旋轉木馬的音樂盒拿給她，就提前從咖啡店離開，兩天後，李靜霏再次收到對方的訊息，也立刻答應對方再碰面。

週六中午，他們在風景優美的河岸景觀餐廳用餐，關子閎說：「抱歉，那天就那樣匆匆離開。」

「沒關係，你父親的狀況還好嗎？」

「嗯，沒什麼大礙了，他近幾年身體狀況不是很好，偶爾會有這種情形發生。」

「你目前是和父親一起住嗎？」

「對，我有很長一段時間住在台南，子皓不在之後，我爸很傷心，整個人變得委靡不振，因為他最疼的就是子皓了。我妹怕我爸覺得孤單，希望我能回去陪伴他，所以我就搬回來了。」他看著她，「子皓跟妳提過我爸媽的事嗎？」

「提過一點。」

「這幾年，妳過得如何？有沒有遇到其他的對象？」

見她沒有回話，闕子閎馬上解釋：「我沒別的意思，因為妳是過去一路陪伴子皓的人，我才忍不住想替他關心妳。」

「謝謝你。」李靜霏自是能明白他的心情，於是也坦然回答。「這幾年我過得普普通通，沒什麼特別的。大學畢業後，我就忙著工作，每天過著兩點一線的生活，沒什麼機會遇見新對象。」

「是嗎？」闕子閎斂下眼眸，話鋒一轉。「上次見面時，我發現妳對我說的話，似乎很驚訝。」

李靜霏拿著餐具的手冷不防微微一顫，心跳跟著增快。

「是的。」她深呼吸，壓下緊張的情緒。「我想知道子皓為何會說那個音樂盒本來是我的？他又為什麼會認為，我是因為那個音樂盒才決定跟他在一起？如果他有告訴你原因，能不能請你告訴我？」

「好。」

關子閎回答時，幾乎沒有猶豫，彷彿從一開始就在等待她說出這些話。

那是發生在關子皓大三暑假的事。

長年在台南定居的關子閎，有天因工作特地前往桃園，關子皓得知消息後，要求他務必來家中留宿。

「若不逼你來，我看到我畢業，你都不會踏進我家一步。」關子皓抱怨。

「我又不是故意不來，我是怕打擾到你跟你女友。」

「不會啦，我女友又不住這裡，而且她這陣子忙著打工，比較少來，但她也知道你今天會住這裡，要我跟你問好。」

「喔。」關子閎笑了笑，注意到弟弟定格在他臉上的視線，納悶問：「你幹嘛這樣盯著我？」

「我想哥啊，感覺快忘記哥的臉了，想趁現在多看幾次。」關子皓嬉皮笑臉。

「靠，少來，都幾歲了還撒嬌？走開啦。」

關子閎起雞皮疙瘩，笑著把他的臉推開，接著忍不住擰眉打量他。「你好像比我上次在手機裡看到的更瘦，黑眼圈也很重，你怎麼了嗎？」

「哎唷，沒事，就我上週不小心吃壞肚子，得了腸胃炎，整個人瘦了三公斤。窩在家休息的時候，又發現一些新的影集，忍不住一口氣熬夜追完了。」他得意洋洋，像是在說多麼光采的事情似的。

「你這小子，放暑假就糜爛到這個地步，你女友都比你勤奮多了。」他酸了弟弟一番。

在家用完晚餐，兄弟倆繼續坐在沙發上喝酒聊天。

關子閎冷不防想到，「我到現在還不知道你女友長什麼樣子，給我看看照片吧。」

「不要。」

「為什麼不要？」

「我不想讓身邊的人看見她，尤其男人。」

「神經病，我是你哥耶！」

「就算是哥也一樣啦，我會吃醋，不行就是不行。」

見關子皓說什麼也不讓步，關子闊好氣又好笑，卻也覺得意外。「你什麼時候變得這麼沒安全感？我記得你國中交過一個女朋友，當時你的獨佔欲也沒這麼強啊，難不成對方是超級大美女？照片就算了，名字總可以跟我說吧？」

關子皓臉上泛著酒醉的酡紅，打了一個嗝。「她叫李靜霏。安靜的靜，霪雨霏霏的霏。」

「你們怎麼認識的？」

「她是我轉學之前的同學，在大一暑假重逢。以前我不僅狠狠欺負過她，還搶走了她最喜歡的東西。」

「你在說什麼啊？」關子闊聽得糊裡糊塗。

當關子皓起身把旋轉木馬的音樂盒拿給他，關子闊沒多久就認了出來。

「這個音樂盒你不是從以前就很寶貝嗎？這本來是你女友的？」

「對呀。」

在酒精的催化下，關子皓對哥哥說出一個連李靜霏都不知道的秘密。

九歲的關子皓，在遊樂園看見李靜霏因為被父親放鴿子而哭泣，最後還不幸失去了父親，目光就經常不由自主追著她，說不上這種微妙的情感是什麼。

父母失和帶來的悲傷與不安，以及李靜霏那雙總是浸滿孤寂的黯淡眼眸，都讓關子皓忍不住想用最壞的方式刺激她，將胸口那份無以名狀的情緒宣洩出來。

那次李靜霏落在他身上的淚水和拳頭，讓他結束了這種幼稚且殘酷的行徑，但他還是繼續默默關注著她，後來發現她常在放學後跑去學校附近的一間文具店，有次他跟著走進去，看見李靜霏跟店長站在玻璃櫥櫃前，手裡拿著一個水晶球音樂盒。

店長問她為何從眾多的音樂盒裡選中這一個，李靜霏靦腆回答，水晶球裡的旋轉木馬，讓她想起從前跟爸爸去遊樂園坐旋轉木馬的回憶，希望有一天能將它買下，永遠珍藏起來。

李靜霏那時洋溢的燦然笑容，令關子皓難以忘懷，隔天放學，他再到文具店，看見李靜霏興高采烈告訴店長，她的母親同意等她考進前十名，就買下音樂盒送給她。

趁著李靜霏跟店長聊天，關子皓偷偷前往玻璃櫥櫃，看著那個音樂盒。

不知道為什麼，音樂盒上的旋轉木馬，讓他想起即將分隔兩地的家人，一股深深的低落與悲傷籠罩他的心。

等他離開這裡，他就難以再見到爸爸跟妹妹，也沒有機會再看見李靜霏那樣開心的笑容了吧？

當他在玻璃窗的倒影中看見自己落寞的表情，也看見李靜霏訝異的臉，才驚覺她來到他的身後，登時心跳加速，緊張得手心發汗。

在李靜霏的詢問下，他竟脫口說出自己也想要旋轉木馬的音樂盒，然後就尷尬地離去，事後才後悔沒跟李靜霏再多說點話；錯失了這次機會，關子皓也提不起勇氣去改變彼此的關係，就這樣來到了離別的那一天。

從班上同學手中拿到滿山滿谷的生日禮物時，關子皓發現李靜霏始終遠遠站在一旁，用快哭出來的表情，不甘心地注視他的方向，然而當時的他未能明白那個眼神的含義。

直到搬進新家的晚上，他打開班長送的卡片跟禮物，一看見那只旋轉木馬的音樂盒，他整個人驚呆住，最後依卡片裡寫的打電話給班長。

在他的追問下，班長坦言那個音樂盒本來是李靜霏想要的，但她在得知關子皓也想擁有之後，同意讓出音樂盒，由班長代送給他。

想起李靜霏那天向他投去的悲憤眼神，關子皓恍然大悟，並肯定她絕不是心甘情願送出音樂盒的。他沒想到自己的無心之語，竟害得李靜霏失去朝思暮想的音樂盒，一度良心不安。

後來，他多次試著打電話給李靜霏，卻總是在對方接聽的那一刻，急匆匆掛上話筒，提不起勇氣向李靜霏道歉，久而久之，他也放棄了歸還的念頭，就這樣把音樂盒留在身邊，連同李靜霏的份好好保存它。

聽完這段故事的闞子閎，無奈一笑。「你又不是故意把音樂盒搶走的，你大可以老實告訴你女友，事情都過去那麼久了，誰還會為小時候的事計較？也許她根本不會在意。」

「話是沒錯……其實我也想坦白跟她說的。可是，靜霏第一次在這裡看見音樂盒，她的反應讓我發現，她根本沒有忘記這件事，當我假裝忘記是誰把音樂盒送我的，她也沒有告訴我實話，一直沉默到現在，這讓我忽然有些膽怯了。我覺得已經過去的事，對她來說真的過去了嗎？我在她心裡留下的傷痕，一定會在長大之後消失嗎？若我說實話，她真的會原諒我嗎？」

闞子皓深呼吸，聲音細若蚊鳴。「有時我甚至會想，靜霏會不會是為了這個音樂盒，才決定陪在我身邊的？如果她真心想要，我可以立刻就把音樂盒送給她，但問題並不是這個，對吧？不是的吧？當我設身處地站在靜霏的角度去想，要是知道自己費盡千辛萬苦終於得到的寶物，被人以這種方式奪去，對方還從頭到尾裝不知情，我也會非常憤怒，更不敢保證自己是否真的能夠完全釋懷……」

「好了，你喝多了。」關子閎在弟弟準備把啤酒拿到嘴邊時，硬是把酒罐抽走。「你從以前就是這樣，總對一些小事過於在意，然後無限放大，一個人自尋煩惱，你真的要改掉這個壞毛病，別變得像媽一樣。沒有人會因為憎恨留在一個人身邊這麼久，至少我相信你女友一定不是，所以你對她有點信心吧。」

「我對靜霏有信心啊……」關子皓闔眼躺在抱枕上動也不動，話說得含糊不清。「是我對自己越來越沒有信心，覺得很對不起她……」

「你慘了，看來你是真的喜歡她喜歡得不得了，不愧是從小就暗戀的對象。」關子閎失笑，開啟音樂盒的音樂，沉浸在乾淨美妙的音色裡。「放心吧，看到你把她過去的寶物照顧得這麼好，我是你女友，會很感動的。」

「真的嗎？」

「真的啊，十年前的東西了，搖籃曲聽起來卻完全沒走音。」

「這不是搖籃曲。」

「哪裡不是？這不是搖籃曲是什麼？」

「是情歌。」

「什麼跟什麼？算了，我看你是真的醉了。」他哭笑不得，放棄再問。

這時闕子皓抬起身子往另一邊歪倒，靠在哥哥的身上。「哥，如果我把真相告訴靜霏，你真的認為她會原諒我嗎？」

「會啦，就說你把事情想得太嚴重了。要是她真的生氣，不肯原諒你，你告訴我，我幫你向她求情。」

「真的？說好了喲。」闕子皓笑得孩子氣，「謝謝哥，有哥哥的弟弟真好。」

「真是。」闕子閎輕哂，靜靜看他半晌，叮嚀道：「子皓，你要好好照顧自己，有些事別太鑽牛角尖了。下次見面時，你一定要讓我見到靜霏。」

「好。」

闕子皓再次闔眼，話聲飄渺而沙啞。「真希望那一天快點來。」

※　※　※

聽完闕子閎說的秘密，李靜霏一動也不動，喉嚨和雙眼都乾澀不已。

一分鐘後，她用微顫的聲音說：「我是真的愛子皓。」

「我知道，我告訴妳這些事，只是想讓妳知道子皓曾經是這麼想的，並非真的質疑妳對子皓的感情，我也相信妳不可能真的會為了音樂盒的事繼續怪他，子皓最後有跟妳坦承嗎？」

她搖搖頭，話音艱澀。「但他曾經跟我說，等到我可以和你見面，他就要告訴我關於我們的最後一個秘密，所以我想，他可能是真的有打算跟我說的，只是來不及……」說到這裡，她的言語便硬生生梗住，難以為繼。

餐廳的服務生見他們的餐點幾乎沒減少，前來關切是否不合他們胃口，關子閎看著李靜霏的表情，確定她已經沒有食慾，便請服務生打包餐點，再邀李靜霏一起到附近散散步。

行走在寬闊的景觀步道上，兩人迎著風，眺望被陽光照亮的河岸，沉浸在這份閒適的靜謐之中。

「李小姐，妳知道嗎？」他淡淡啟口，「我曾經很後悔以前沒有把子皓帶離我母親身邊。子皓從小就心思纖細，又容易心軟，責任感也強，要是我在更早的時候，帶他遠離那種環境，或許他後來的個性就不至於變得那樣，我一直覺得我要負起最大的責任。」

聞言，李靜霏連忙道：「子皓從沒開口怪過你，他沒有怨過任何人。」

「真的？」

「是的，所以你沒必要自責的。」

他停下腳步，轉頭面向她。「既然如此，能否請妳對我坦承呢？」

「什麼？」

「我的意思是，已經可以了，妳不需要再替子皓隱瞞了。」

李靜霏呆愣，一時沒有反應。

「我在打聽妳的下落時，給我看照片的那位女生，有告訴我一件事。她說，子皓大三寒假的時候，被某個朋友發現出現在身心科診所，當時他的身邊有一個女生陪同，我猜那個女生應該就是妳，對吧？」

闕子閎凝視她的眼神有難以辨明的情緒，「當我得知這件事，我就在想，子皓會不讓身邊的人關注妳，可能與此事有關；他的朋友還說，子皓在大二時宣稱有了女朋友，卻以各種理由推託，不讓妳跟他們見面，若從那個時間判斷，他應該是在你們交往沒多久就生病了，對不對？」

李靜霏低下頭，心臟劇烈跳動，依舊說不出一個字。

「子皓的朋友們都很吃驚，他們跟子皓在一起時，完全看不出他有生病，就算偶爾有注意他似乎變瘦，或是略顯疲態，也沒想到這個可能，因為除此之外他的表現一切正常；猜到陪他去身心科的人就是妳，他們後來決定裝不知情，用平常的態度繼續跟子皓相處，也不再向他過問妳的事。」

他面不改色地說下去：「倘若我的推論正確，那我便明白了，是子皓希望妳這麼做的吧？他對妳的獨佔欲只是藉口，他真正怕的是一旦身邊的人察覺到他的異狀，會跑去詢問妳，才用這種方式避免你們接觸上。他為了隱瞞自己的病，不惜這般掩飾一切，而他確實掩飾得很成功，因為就連我都被他騙過去了。」

「我……」

李靜霏終於發聲時，語調變得僵硬不穩，無法直視他的眼睛。

「李小姐，我沒有要怪妳的意思。我從小就看著子皓，知道他外表堅強，骨子裡其實敏感脆弱，習慣對身邊的人報喜不報憂，所以我清楚他絕不會希望我們知道他生病的事；妳願意陪伴在這樣的子皓身邊，我明白這有多麼不容易，所以我對妳既感激，也很愧疚，無論如何都想見到妳，親口跟妳道謝。」

始終表現得鎮定的李靜霏，在關子閎溫柔筆直的注視下，不知不覺紅了眼眶。

「雖然子皓已經不在了，但我還是希望能知道他那幾年的事，妳可以告訴我嗎？」

李靜霏輕咬下唇，抬起含著淚光的雙眸，慢慢頷首。

※　※　※

與關子皓交往半年後，某天晚上李靜霏在打工結束後掏出手機，發現關子皓竟沒回覆她白天傳過去的訊息，連已讀也沒有。

關子皓從沒有在這麼長的時間內不回訊息，直接打過去也沒人接，於是她決定到對方家裡看看，摁下門鈴後沒人應，她站在門前再撥一次電話，卻聽見屋內傳來手機鈴聲，最後她用關子皓給她的備份鑰匙開門進屋。

室內一片漆黑，李靜霏打開電燈，就看見關子皓整個人躺在床上不動。

關子皓告訴她，白天一張開眼，他就發現自己動彈不得，彷彿有人拔掉了他身上的栓子，抽走他所有的能量，連一根手指頭都無法抬起。

到附近的診所檢查，醫師在詳細問診後，建議關子皓轉科，於是翌日，李靜霏首次陪關子皓踏進身心科診所。

從診所回來後，關子皓以李靜霏的大腿為枕，握緊她的一隻手，靜靜躺在沙發上。過去晶亮清澈的眼眸，倒映出一片空洞。

「我明明過得很快樂，也很幸福，為什麼會生病？」

關子皓的語氣沒有一絲情緒，比起憤怒或悲傷，他心裡更多的是困惑。

「你很快樂、很幸福，但是也有點累了，只是你自己不知道。」李靜霏輕柔撫摸他細軟的頭髮，「你只需要休息一下，很快就會好，我會一直陪著你，不必擔心。」

「怎麼做才算是休息……我不知道啊。」他茫然搖頭。

李靜霏思忖片刻，「你可以什麼都不想，也可以說出現在腦中想到的東西，不管什麼都可以。」

關子皓目光遙遠，停頓半晌後回：「我想到了我媽。」

「你想念她嗎？」

「不是，就是忽然想到她，沒什麼特別的原因。」

聽出關子皓又刻意語帶保留，企圖掩飾些什麼，這次李靜霏沒有就此打住，繼續往下問：「那你可不可以告訴我，你想到你媽媽什麼？」

她隱隱感覺到關子皓的肩膀僵硬地動了一下，彷彿下意識在抗拒。

「為什麼妳要問這個？」

「因為我想了解你，其實我一直想聽你聊聊你的家人。越喜歡一個人，就越會想知道他的一切，這不是理所當然的嗎？你就跟我透露一點點，好不好？」

關子皓何嘗聽不出李靜霏說這些話，是希望他能勇敢面對內心的陰暗面，而他也禁不住李靜霏的撒嬌和柔聲哄勸，勉為其難答應，道出他與母親及哥哥三人所經歷的那段痛苦日子。

一意識到自己生了病，他就想起過去總是喜怒無常，動不動陷入歇斯底里的母親，因為在他眼裡，母親那時真的就像是徹底病了一樣，令他感到恐懼。

「我真的很不想讓別人知道這些不光采的事情，因為非常丟臉，但是我好像沒別的選擇了。」

看見從關子皓眼角滑下來的淚水，李靜霏情不自禁擁抱他。「沒關係，再不光采的事，你都可以跟我說，你想要我怎麼做，我都答應你。」

「靜霏，求妳幫我保密。」

直至這一刻，關子皓才像是因為認清現實，而大受打擊，哭得像個孩子。

「我死也不想讓任何人知道我變成這樣，尤其是我家人。」

「好，我不會讓任何人知道。」

李靜霏認真做下承諾，和他一起流下眼淚。

陪伴關子皓走上康復之路，過程並不輕鬆。

除了身心科醫師，關子皓只在李靜霏面前表現出悲傷低落的一面，而在社群軟體上的他，依舊是那樣健康快樂、開朗陽光，任誰都無法看出那張燦爛笑容的背後有著怎樣的黑洞。

很長一段日子，李靜霏的生活除了學校、打工，就只有關子皓，然而她從不覺得被束縛，更不認為這是犧牲。因為對她而言，關子皓就是她的一切，沒有人比他更重要。

某次半夜醒來，她看見關子皓坐在身邊靜靜凝視著自己。

李靜霏握住他的手，「你又睡不著了？」

「沒事，妳別擔心，我沒想到妳會醒來，妳繼續睡吧。」

「沒關係，其實我也不怎麼睏了。」勉力撐開眼皮，她重新迎上他的視線。

「你為什麼要這麼看我？」

「因為妳很漂亮啊。」他眼角彎彎。

「騙人，快點老實說。」她不信，加重握他的力道。

「好啦。」關子皓的笑容淡了些，手指輕撫過她柔嫩的臉蛋。「我只是覺得很心疼妳，如果沒遇見我，妳也不必這麼辛苦了，真的很抱歉。」

每當憂鬱襲來，關子皓不免會說出喪氣的話語，李靜霏也早就習以為常，但這次不知為何，她感覺他的話裡還有其他情緒。

「怎麼了？發生什麼事嗎？」

「……我不知道是不是自己多心，總覺得我哥似乎有察覺到什麼。昨天晚上，他要我別像媽一樣太鑽牛角尖，還突然想看妳的照片，說下次見面時，一定要讓他見到妳。」

李靜霏停頓一下，寬慰他。「應該是你們太久沒見，他才覺得你變得不太一樣，不代表他有察覺到你生病，畢竟連你朋友們都沒發現，不是嗎？我們交往到現在，你哥都沒見過我，他會對我好奇也是正常的，所以這沒什麼，我認為你哥只是單純關心你而已。」

「妳說得對。」他眉頭舒展，神態明顯放鬆。「其實我本來不想讓我哥在這時候見到我，但我實在太久沒見到他，非常想念他，所以知道他要來桃園，我無論如何都希望他來找我。希望下次見到我哥，我已經好起來了，我想用最健康的樣子把妳介紹給他，等那天來臨，我還想要跟妳說一個秘密。」

她的好奇心被勾起，「什麼樣的秘密？」

「是關於我們的最後一個秘密，希望妳對我有信心，願意再等待我一段時候。」

「我願意，也對你有信心。」

「謝謝。」他親吻她的額頭，幫她蓋好被子。「好了，我知道妳還很睏，如果妳明天要陪我回診，就快點睡，不然不讓妳去。」

「那你唱情歌給我聽。」她向他撒嬌。

闕子皓深深一笑，這次不用音樂盒的音樂當伴奏，直接用他溫柔乾淨的歌聲，帶她進入睡鄉，結果讓她作了一個不可思議的夢。

九歲的她跟闕子皓，手牽手一起站在遊樂園裡的旋轉木馬設施前，四周不斷傳來美妙悅耳的搖籃曲，未聞半點人聲，彷彿整座遊樂園只有他們二人。

夢境中的闕子皓，目光從頭到尾緊黏在絢爛華麗的旋轉木馬上，小小的臉蛋洋溢著天真無邪、無憂無慮的笑容。

得知李靜霏決定在他跟朋友去海邊慶祝畢業的那一天，到台東的外婆家，闕子皓忽而提議：「我也可以去嗎？」

「你要來我外婆家？」她呆滯，以為自己聽錯。

「是啊，妳不是會在台東待三天？所以我的意思是……等我從海邊回來，方不方便直接過去找妳？我想見見妳的外婆，跟她打聲招呼。然後如果可以的話，我想接著帶妳去找我哥，過幾天之後，再帶妳去看我爸跟我妹……」

見她嘴巴都張開了，關子皓的笑容多了一分彆扭與害羞。「我嚇到妳了？其實我上個月就有了這個念頭，只是遲遲想不到適當的時機。我覺得現在的我已經沒有問題了，所以想趁這個機會，帶妳認識我家人，也希望可以認識妳的家人。」

「確定嗎？你真的可以？」她心跳變快，聲音裡有藏不住的擔憂。

「嗯，我很確定，我想要兌現之前跟妳的約定。無論如何，我都想讓我哥跟我爸見到妳，告訴他們妳對我多重要。靜霏，謝謝妳等我到現在，以後我一定會讓妳變得更幸福。」

關子皓含笑的澄澈眼眸不見一絲陰霾，如同她在那場夢境中看見的純真笑容，李靜霏心緒激盪，淚眼模糊，開心地點點頭。

然而約定的那一天，她沒能等到關子皓。

在最重要的約定裡，他失約了。

關子皓從她的世界離開後，李靜霏一次也沒想過與他家人聯繫，她沒有信心可以與他們分享關子皓的一切，同時完美地不被他們察覺關子皓那幾年所歷經的生活。

就算關子皓最後擁有重拾笑容的能力，他人卻已經不在，再多寬慰的話語都不具意義，既然如此，她寧可繼續當被關子皓隱藏起來的戀人，也不願在他最摯愛的家人心中，多留下一道無法抹滅的傷痕。

因此，當關子閎在三年後找到了她，並約她見面，李靜霏無法不陷入掙扎。她擔心關子閎可能已經發現弟弟的秘密，卻又亟欲知道對方口中關於她的重要物品究竟是什麼，最後不敵想解開真相的渴望，她決定出現在關子閎面前。

看見關子閎交給她的旋轉木馬音樂盒，李靜霏的內心瞬間掀起陣陣波瀾，一下子湧進腦海的濃烈情感，令她驀地無法言語，只能發怔，再次被封塵的回憶刺痛了胸口。

關子皓的吻，關子皓的笑，至今仍深深刻在她的心上，不曾被時光帶走一分一毫，彷彿她的時間也在關子皓離去之後，就此停止了。

※　※　※

「妳跟子皓在一起的時候，幸福嗎？」

關子閎的這句問話，讓李靜霏意識到淚水在不知不覺間爬滿了臉頰。

她連連點頭，說出口的每個字都裹著哽咽。「子皓是第一個給我幸福的人，和他在一起的每個日子，我真的很幸福。」

「謝謝妳，靜霏。」關子閎直喚她的名字，口氣溫柔真摯。「我相信子皓跟妳在一起的每個日子，一定也很幸福。謝謝妳愛他，更謝謝妳在他最脆弱的時候，仍不離不棄陪在他的身邊。如果可以的話，我能不能請妳實現子皓最後的心願？」

「最後的心願？」

「是的，妳不是說，子皓很想讓家人知道，妳對他有多重要？既然如此，我希望妳能見見我父親，還有我妹妹。尤其我父親，如果能從妳口中知道更多子皓的事，他一定非常高興，要是他能因此振奮起精神，我跟我妹都會感激妳。」

李靜霏沒有想到會忽然聽到這樣的提議，一時愣住了。

如果這麼做，真的能夠稍微撫平關父的喪子之痛，為了關子皓，她當然會願意幫這個忙，但是……

「這個要求是不是太為難妳？」

見她沒有馬上回應，關子閎以為她不願意。

「不是的。」李靜霏搖首，吞吞吐吐道。「其實我是擔心……就是……」

儘管她沒說下去，闕子閎仍很快就聽出她的顧慮。「妳是不想說出子皓生病的事嗎？沒關係，這件事我也不想告訴我父親和我妹妹，只要妳和我知道就行了；妳也不必煩惱該怎麼向我家人解釋，妳為何沒在子皓過世之後出現，我會幫妳想出一套說詞瞞過他們，所以妳什麼也不必擔心，交給我就行了。」

李靜霏為他的敏銳而訝異，心裡的擔憂也因此消散，最後接受了他的請求。

「謝謝妳答應，這麼一來，或許子皓也能放心了。」

「你是指你父親的事？」她下意識回。

「不，我指的是妳。」闕子閎莞爾，對上她怔住的眼眸。「其實上次跟妳見過面之後，我就在想，妳是不是也還陷在失去子皓的傷痛，遲遲走不出來。如果真是如此，那我希望這次可以讓我們陪妳走過這段過程，就像妳陪伴子皓走過最辛苦的日子；我覺得子皓也是希望我這麼做，才讓我順利找到妳，並將他來不及對妳說的話傳達給妳。只要至今妳仍為子皓心痛，就試著想想我們、依賴我們吧，請給我們一個替子皓好好報答妳的機會。」

闕子閎的溫暖話語，深深撼動李靜霏的心，想到自己對闕子皓的思念，竟能以這樣的方式延續下去，她就不禁再次熱淚盈眶，心中一片激盪。

「妳肚子餓不餓？剛才妳幾乎什麼也沒吃。」
忽而被這麼一問，李靜霏還真的覺得有些餓了，大概是身心都放鬆下來，食慾也跟著回來了。
「有一點。」她老實回答。
「我也是，要不要找個地方坐下，將打包的菜吃完？」關子閦舉起手中沉甸甸的袋子。
「好呀。」李靜霏莞爾點頭。
之後關子閦到附近商家買了一片乾淨的野餐墊，並帶了兩副新餐具回來，兩人就這樣一邊在草地上野餐，一邊欣賞河岸美景。
「對了。」吃到一半，關子閦想到。「關於那個音樂盒，我有個問題想問問妳。」
「好，什麼問題呢？」
「我以前在子皓面前開啟音樂盒的音樂，那明明就是搖籃曲，子皓卻說不是，堅持那是情歌，妳知不知道是為什麼？」
李靜霏呆愣了一會兒，訕訕道：「那其實是我說的，當我想到我跟子皓因為那個音樂盒而牽起的緣分，就覺得那首搖籃曲，像是我跟子皓的定情曲，所以就那樣說了。子皓以前很常在睡前唱給我聽。」

「原來如此。」關子閎低頭沉吟，「妳想聽嗎？」

「什麼？」

「我跟子皓說話的聲音完全不同，歌聲卻很相似，這是我妹認證的。如果妳想聽，我哼一段讓妳聽聽看。」

李靜霏怔怔看著他，沒有作聲。

下一秒，關子閎清清喉嚨，哼起搖籃曲的旋律。

李靜霏清楚聽見耳邊傳來的劇烈心跳聲。

關子閎沉靜且帶點磁性的歌聲，幾乎跟她記憶中的聲音如出一轍。倘若閉上眼睛，她真的會相信，關子皓此刻就在身邊對她唱歌。

李靜霏最後在這樣的溫柔歌聲裡淚流滿面，再無法清楚辨識眼前人的臉。

「李靜霏，妳愛我嗎？」

「我愛你，關子皓。」

她知道，這是關子皓送給她的最後一首情歌。

後記

〈夢中的婚禮〉

大家好我是Misa，很高興又在這裡和大家見面啦～

關於故事裡面的音樂盒外觀，是根據我小時候班上男同學送我的音樂盒外觀來寫的，那個音樂盒現在也都還在。

要寫音樂盒對我來說是個小挑戰，至於為什麼，就等我之後再來和大家說原因。

故事裡頭，只要聽到音樂盒的音樂，就能穿越回到原本的時間，來來回回幾次，不過魚與熊掌不能兼得。

我在想，無論任何事情都有它的嚴重程度，例如失戀很痛苦，因為失去了他。但比起真正失去了「他」，失戀相較之下，好像就沒什麼了。

所以當女主角真正經歷過「失去」後，其他方式的失去都顯得不重要了，因為她內心已經有自己的輕重緩急。

也許有些人會覺得說，救回來了後反而如此，不如別救。但真的是這樣嗎？在生命面前，那些私人的情愛又算什麼呢？

當然也不是要每個人都這麼大愛，但這就是女主角的選擇了。

好在的是，這段路她並不孤單。

希望你們會喜歡這個故事，我們下一次見嘍！

Misa

〈一首歌的時間〉

之一

這次短篇的主題是「音樂盒」。

起初我覺得並不太難，音樂盒是一個非常明確的物件，還能承載一首富有意義的曲子，能延伸擴展的故事我乍想就有好幾條路，沒想到下筆之際卻卡關了很長一段時間。

認真想了想，大概是我還沒辦法非常肯定故事裡頭的音樂盒開啟之後要流瀉出什麼樣的情感。

最後這一段思索的過程也成為了角色的找尋。

我一直覺得，自己並不是在說一個故事，而是隨著故事的人物一起困惑、一步一步探尋一個可能的答案。

之二

和幾位大大合作了幾次，每一次都是個挑戰，尤其是短篇小說，在有限的篇幅中不得不對腦中的想法進行大量的取捨。

我時常會感到可惜，卻也能夠一再反問自己最想遞送給讀者的是些什麼，這對我來說是很珍貴的經驗。

希望這次的故事，能順利地將我內心的某些想望好好地傳達到大家手中。

Sophia

〈錯失的音樂盒〉

人與人之間是很微妙的，有的緣分在不經意的一次擦肩，但有時緣分的結束也可能只在一念之間。

吵架的情侶賭氣喊著分手，兩個人心底深處都還想著彼此，有人可能拉不下那個臉，有人堅持自己沒錯非要對方道歉，但誰都無法預料命運會發生什麼事，說不定只想緩個幾天，卻會發生翻天覆地的變化，導致一切就此錯過了。

聽過一個故事，有對情侶大吵後決定暫時分開一個月，相互冷靜思考，其實彼此都還愛著對方，只是需要一點時間空間，因此約定學期結束後再來討論。結果女孩至親突發急病，考完她就急著回家，但那段時間男友完全沒有任何聯繫，她因此明白這是分手的意思，封鎖對方，就此兩人再無交集。

直到很多很多年後，雙方都已走入婚姻，才經過同學輾轉知道，當初他們有約定學期結束後，在最愛的咖啡廳見面討論的，但女孩因為至親生病完全忘記這件事，而男孩等了一下午，也就明白了女方的意思，難過又氣惱之餘，刪掉了她的號碼及所有聯繫方式。

他們都還在彼此心底的最深處，是會想著「如果當初那樣，或許會怎樣」的那個人，但錯過就是錯過了。

本篇的音樂盒是個心意、也是個媒介，因為我很喜歡哈利波特的主題曲，在那特別的樂聲中，會覺得什麼事都能有魔法助益似的！希望每個人都能勇敢的做自己想做、說自己想說的話，畢竟人生不是故事，不是每個錯過都能再有機會。

說個題外話，設置「音樂盒」這個主題我覺得很有意思，因為我同時在另一本靈異合集中，也制定了一樣的主題，都是能發出曼妙音樂的「音樂盒」，可以很甜蜜、也可以很驚悚，也算是一種小挑戰吧！

最後，感謝購買本書的您，購書才是對作者最實質且直接的支持，沒有您們的購書，作者便無法繼續書寫，萬分感謝、銘感五內！謝謝！

笭菁

〈The last love song〉

以「音樂盒」這個主題構思劇情時，我想起自己小學時，曾經買了一個音樂盒作為同學的生日禮物，沒想到那個音樂盒我自己越看越喜歡，因此送出去的時候心情非常差，還悶悶不樂了一天，現在想想也是一段有趣的回憶。

以此回憶為靈感，我寫出了這樣的一個故事，也是過去的合集裡基調最為悲傷的故事吧，明明在上一本後記中說要再寫幸福的故事，完稿之後才驚覺畫風大變，說好的幸福呢哈哈哈。

很開心再跟三位大大合作，謝謝大家購買這本合集，你們的支持就是我們的動力。

晨羽

All about Love ／ *40*

給你的情歌

國家圖書館出版品預行編目資料
給你的情歌 ／ Misa、Sophia、等菁、晨羽 著.
— 初版. — 臺北市 ： 春天出版國際, 2023.09
面；公分. —（All about Love ；40）
ISBN 978-957-741-713-8（平裝）
863.57　　　　112010004

ISBN 978-957-741-713-8
Printed in Taiwan

作　者　Misa、Sophia、等菁、晨羽
總編輯　莊宜勳
企劃主編　鍾靈
責任編輯　黃郁潔

出版者　春天出版國際文化有限公司
地　址　台北市大安區忠孝東路四段303號4樓之1
電　話　02-7733-4070
傳　真　02-7733-4069
E－mail　frank.spring@msa.hinet.net
網　址　http://www.bookspring.com.tw
部落格　http://blog.pixnet.net/bookspring
郵政帳號　19705538
戶　名　春天出版國際文化有限公司
法律顧問　蕭顯忠律師事務所
出版日期　二〇二三年九月初版
定　價　310元

總經銷　楨德圖書事業有限公司
地　址　新北市新店區中興路二段196號8樓
電　話　02-8919-3186
傳　真　02-8914-5524